新 潮 文 庫

流　　跡

朝吹真理子著

新 潮 社 版

9908

目次

流跡

流跡

……結局一頁《ページ》として読みすすめられないまま、もう何日も何日も、同じ本を目が追う。どうにかすこしずつ行が流れて、頁の最終段落の最終行の最終文字列にたどりつき、これ以上は余白しかないことをみとめるからか、指が頁をめくる。……られて、し……つきになるこ……光波に触れ、垂直につづくそれら一文字一文字を目は追っていながら、本のくりだすことばはまだら模様として目にうつるだけでいつまでも意味につながってゆかない。黒く凝固した液体によって確かに綴《つづ》られているはずのひしめく文字列にはさみこまれる浮子《ブイ》のようにゆれるのがなにかと思えば句点であるというように、そうした指示記号もえりわけられず不可解にゆれるばかりでいつまでもさだまらない。また頁をもどしてはじめから文字を追う。どうにかすこしずつ行が流れて、頁の最終段落の最終行の最終文字列にたどりつき、これ以上は余白しかないことをみとめるからか、指が頁をめくる。それをくりかえしているらしい。確かに本に触れているという感覚だけが神経を伝い、目は黒黒と流れる跡を追いつづける。追うばかりで一文字もみとめたという確かさがない。読むことがひとたびも終わらない。確かにその一冊の本のなかで、ひとやひとでないものの所作がちらちらみえかくれする。ひとやひとでないものがあれこれとものをおもう、そうした書かれたもののものおもいも輪郭がゆれるばかりでなにか事件でもおきているのか、風景があるのかもわからない。本をひらくときの手の負荷、文字を拾うため紙に視線をおとすときの首から肩、上腕にかかるわずかな筋繊維の緊張とともに、背骨から腰、あしのうらにいたる全身が本を読むという行為にもっとも適した体勢を自《おの》ずととり、紙片に指が触れているという確かな感触を持しているはずが、本をとじた途端にすべてが曖昧《あいまい》になってゆく。確かに本という形態の質量をもった植物性繊維を薄く均一にのばし束ねたそれを所有しているのに違いはないのだった。雨の日であればほんのわずかに水気をふくむ紙片の重みを指先が伝えてくる。しかしひとつとしてそこに書かれたことを所有しているという気がしない。いつ買ったかもさだかでなくなった随分とくたびれた本。パラフィン紙もよれて邪魔くさい。電車に乗ったらひらく。手早く本をとじて下車する。ひらくととじるの間がぽっかりと空いている。十五分か二十分程度の時間だけが経《た》っている。身のうちに過ぎ去ったという感覚はないのに、ホームの時計をみるとそれだけ針がすすみ、時季によっては確かにそれとわかるほど陽がおちている。それほど本の世界に、物語に没入していたのではない。なにもしるされていなかったように感じる。だからまた同じように、本をひらく。とじる。それがまたたきひとつのうちに過《す》ぎている。ひらくととじるの間が失われている。百年か百日か百時間、ほんの百万秒分の一を本のなかで過したのかもわからない。しかしなにも書かれていなかった気がする。光にさらしてパラフィン紙ごしに装丁を確かめる。そこに書かれてある題名も著者名も販売元の印字もISBNコードもひかひか反射してよくみえない。いったい誰のどの本だったか。もう何日も何日も、同じ本を目が追う。追うばかりで一文字も読んでいない。本をひらく。印刷された文字が糸水のようにつながり意味をなしてゆくはずだというのに、扉、見返し、奥付、花切れまでつけて一冊の本としての表情をみせているようでいて、明朝体9ポイント行アキ6ポイント、余白をとった紙片のなかにおさまるきめ細やかな活字が意味あるふりをして。あるいは文字の集積であるかのように装《よそお》って。記述されたことが本をひらくたびどこかに逃げ去っているんだろうか。白い紙に繫留《けいりゅう》されていたはずのひとやひとでないもののひしめきが本から消える。跡形もなく。白に白上がりの染め型をかけたようになって判読ができないのか、光学的にみえないだけで、なにかが確かに存在しているのか。意味が転がって紙の裏側におちてしまったのか、文字を縢《かが》っていたはらいやはねやとめがちりぢりになって、紙片に凝着していた文字の物質であるインクの粒子がくにゃくにゃとふるえはじめ、溶解し、紙片から浸《し》みだしあてどなく四方へ流れてゆく。細胞液や血液や河川はその命脈のあるかぎり流れつづけてとどまることがないように、文字もまたとどまることから逃げてゆくんだろうか。綴《と》じ目をつきやぶってそして本をすりぬけてゆく。流れてゆこうとする。はみだしてゆく。しかしどこへ——

もののけになるか、おにになるか、不定形の渦から目をはやし、足をはやし、はじめはくにゃくにゃしていた身体《からだ》がしっかりとした顔をつくって歩きはじめる。角ははやさなかった。ひとになった。

なんぴとも通らぬところをうかれ歩いている。まだ風景はたちあらわれてこない。上っているのか下っているのかまったくのひらなところであるのかすら曖昧なまま足をすすめて、春の門をくぐる。その門を境にして春がたつ。あたりがみどりにうちけぶってゆく。それまでが冬であったかというとそうでもない。いったい何との境なのか。はじめがないのだがはじまっている。道をゆく。どこの場所にむかうのかわからない無数の道が複雑に敷かれ交差している。

腑分《ふわ》けをすればどうかしらないが、まだひとはひとのなりをしている。道があらわれるたびにそこを遊歩し、鼻や口でする呼吸にも慣れ、ひとの足どりを一歩一歩確かにしてゆく。いまはわりにさびしい寺の並ぶ辺りだった。どこも廃寺になってひさしい。残忍な殺しのあった土地でもあるから血のしたたりをいくらか土瀝青《アスファルト》の下の土は吸いこんでいるだろう。いまは叮嚀《ていねい》にそうした土の臭《にお》いを消してしまって、その時間はひたすら地中にうずもれようとしてゆく。ここが特別なのでもなく、どこにもいくらでも道をめくれば同じことがいえる。熾《おこ》り火のような音が聞こえて上をみると、電撃殺虫機高電圧キケンと札の貼《は》られた誘蛾灯《ゆうがとう》が立ち並んでそこにちいさな虫がぶつかってはぜる音がする。くろぶちの猫がしっぽをたてて塀を歩いている。ゆうゆうと、ヒゲをぴんとはって。ひとになるのでなかったと思ったがもう遅かった。

若いひとびとが歩いているのにすれ違うと金属の弾む音がした。鍵《かぎ》か小銭か、それとも鋭利な刃かなにかをポケットにしのびこませているらしい。それが、花道のチャリにきこえたり錫杖《しゃくじょう》にもきこえると、たちどころに視線がぬけおち、草いきれとともに土瀝青が山路となって、たくさんの被慈利《ひじり》が眼前をよぎった。別々の筋を同時に歩いているのかもしれなかった。道はやわらかいと次元がかさなりいろいろなところとつながってゆくらしい。そしてすぐにまた違う道と交《か》いあってゆく。

ごたごたと横になったり逆さになったりしたままの墓石が円筒形に堆《うずたか》く積まれ、赤いよだれかけをした水子地蔵と石碑が小《こ》脇《わき》に置かれている。雨ざらしになって判読しにくい文字、誰も標石としてつかうことはない。

右□□道 **南無阿弥陀佛** 左□□寺

石碑の傍らにのぼりばたをたてて肥えた男が立っていた。褌《ふんどし》一丁で筮竹《ぜいちく》を持ち、つきでた腹に袋のようなものがついている。その袋もまた皮膚の一部であるらしい。一回五百円で袋のなかがのぞけるというが、あいにく金銭というのをもっていない。男がひとであるのかないのかもわからなかった。ひどく気になりしばらく辺りをうろうろしていると、女が金を支払いそのまま袋に顔をつっこみすっぽりとなかに入ってしまった。袋は膨らまない。男はナフンナフンと笑いながら立っている。この身体にも袋をつけようと腹をきつく引っ張ったが皮膚は伸びもせず固いままだった。

みどりがけぶっている。淡い熱を覚える。しかしどうして春がたつとひとは胸がつかえて苦しくなるのか。啓蟄《けいちつ》というように胸の奥の虫がうごめいて、何度かぺっぺと吐き出しながら歩きつづけた。なまあたたかな川の排水の臭い。それまでになかった人事の音がふえはじめ、陽が射《さ》してくる。ずいぶんと浮きたった様子のなかにまぎれ、とりすまして歩いてゆく。

川の両岸にソメイヨシノがみっしりと咲いておびき寄せるからかしきりとざわつき、ひとが寄る。もののけやおにも寄る。もうすこしあいまいなものも寄る。死者も寄る。ケータイでソメイヨシノを一心不乱に撮っている。撮っているばかりで花をみていない。すこしくらい辛夷《こぶし》を植えたらどうだろうか。遠い吉野の峰の白さを、雪か桜か見まがうほどだという距離がちょうどよい。隔たりがないことは息苦しい。桜にひとの心は捕らわれやすいようである。みな桜町中納言となってわらわら桜のもとに寄っている。

ひるひなかだというのに、桜並木のひともとに大きな白布《しらぬの》を張って映画がうつしだされていた。映写機から強い光量をあて、あらい粒だった光がスクリーンを濡《ぬ》らすがあたりの日差しに拡散してちらつき、ほとんど色のとんだフィルムから書割のような景色がうつる。それが本来なにをうつしたフィルムであろうとすべての光が放射してしまうなかでは雪景色のようにしかみえず、スクリーンのうちから、あるいは外からもこまやかな雪片だか桜だかわからない白が降りそそぐ。アップでうつしだされる五分むしりの御家人髷《ごけにんまげ》した白塗りの役者が見得をきり、映画はクライマックスに到達しているらしい。その瞬間、かちゃかちゃとフィルムが噛《か》みそのまま映像が動かなくなる。スピーカーから流れているのかそれとも御簾内《みすうち》のようなところであわせているのか、音もまたどろどろとだけ鳴り続く。白塗りの役者がキッと虚空《こくう》をにらむ瞬間が淡くうつりつづける。映写技師があわててからがってさきにすすまないフィルムをなおそうとするが、いつまでも白布に男の蒼白《そうはく》がうつる。拍子木のチョンにゆかず、どろどろが鳴り続ける。酔客がスクリーンにものをうっちゃる。ひたすらクライマックスが間延びしている。

スクリーンに指窓《ゆびまど》のような円い穴をみとめたが、それはどうも布にできた穴ではなかった。眼前の風景そのものに漆漆《しっしっ》とした穴がぽちりと、猫の鼻先のように光っていて、そこを片目でのぞきこむなり風が一吹きして目が乾く。すずやかな風音がしきりと聞こえる。どうやら向こうは秋らしい。指窓をつつくと闇《やみ》がさらにひろがる。人さし指をついてあたりに窓をふやしてゆくとぺらぺらとスクリーンも酔客も春の光景そのものもみな剝《は》がれおち朦朦《もうもう》とした闇になった。

昏黒《こんこく》がかるなか、吹きおろす山風が葉をそよがせる。そうそうに散った葉がかさこそ走る。葉をしなわす音の強さに驚く。闇に目が馴《な》れる頃、雲間からとろとろとした月も映じ、木立、古木立、落葉樹があわあわともみじしてそのぴんと張った一葉一葉があからむ。だがあと一刷毛《ひとはけ》たりない。

さむやなう

橋を渡り、灯が際《きわ》だつほうへよろよろ足を伸ばしてゆく。提灯《ちょうちん》がぽってりと。このあたりも祭りのさなかであるらしい。斜めから、狂騒にまぎれこんでゆく。

がやがや

おなかすいたなう

はりぼてのような木造平屋建てのつづくなか、にぎやかしの曲に重なる松の音、それに汐《しお》の音。海が近しい。そして冷《きよ》い。道にせりだすにわか造りの金魚すくいにわたがしの屋台。塩からいにおいがしっとり染《し》みこむ錆《さ》びついた看板、日やけした暖簾《のれん》をはためかせて、水蒸気といがらっぽい咳《せき》のでる煙がたちこむ。もうもうとして目がしみる。サア〳〵と、輪郭のすこし焦《こ》げた団扇《うちわ》をはたいて、建ちならぶ焼牡《やきが》蠣《き》屋台の、とりわけ生っぽい黴《かび》っぽい汁けのあってぷっくりしたやつのひとつふたつしたたむ。喰ったらさっさと逃げ去る。ついでにレジにおいてある抹茶の無料券をそっと頂戴《ちょうだい》してゆく。はっぴを着た斑葉《いさは》の番頭に券を渡すと気前の良い声で、店先の脇に唐傘をとりつけ緋《ひ》毛氈《もうせん》を敷いた長椅子《ながいす》に腰掛けるよう促される。先客の家族連れに挨拶《あいさつ》をしてしばらく待つ。子供がアニメの面をつけている。慌《あわ》ただしげに、もみじをかたどった饅頭《まんじゅう》と抹茶がだされる。子供は面からくちもとだけだして食べる。客が各各《めいめい》注ぐための湯沸かしから蒸気がゆらいで筋状にたわみ、その流れる白さも闇にすぐ溶けいってしまう。

黒塗りの燭架《しょっか》が風に煽《あお》られ、ぱちぱちはぜる。提灯がいくつも連なるがいっこうにたよりない。一本脇にそれると祭りの音が急に退《の》く。角を曲がっても曲がってもきりなく角にさしあたり、月や木星がいつまでも同じように空に光って方位が定まらない。

海上に迫《せ》りだすおおきな神社の参道に着く。幾分混み合うなかを照らす橙色《だいだいいろ》の狐提灯も影をいっそうこゆいものにさせるだけで明るさはない。何百年と同じ構造を持した社殿の切妻屋根をくぐり、板敷の床を軋《きし》ませながら稠密《ちゅうみつ》に柱がかさなる廻廊をゆく。空を圧するように殷《あか》い列柱が伸び、ひとも殷く染まってみえる。満潮で海面が膨れて迫りあがる波にも殷さがうつる。板上をゆくのか海上をゆくのか、跫音がなければ見まがう。風がよく抜けひやひやする。

先から、楽人舞人みな支度をしている。海面から伸し上がってきたかのように高舞台が照りはえ、ひたひた平舞台に迫り来る海面の向こうに視線を埋めていると、黝《くろ》い大鳥居のむこう、対岸がなにやらきらきらと光っている。あれは——

笙　篳篥　竜笛
琵琶　箏
鉦鼓　鞨鼓　太鼓

深がらしい音色とともに神官があらわれ、ひととおり管弦の興を催した後、つぎつぎと舞が奉《たてまつ》られる。舞と舞の合間に、興奮したまるめがねの男が竜笛や鉦鼓を口でとなえながらおばしまにのぼり舞人のまねをして注意されていた。どうも酔っているらしい。慵気《ようき》もかき消え、周りがどっと笑う。いっしょに笑っていると突然腕をひきつかまれた。
なにしてたんですか、険しい表情の女にぎょっとして思わず謝る。何事かと思い直すと、探しましたよと女がつづけて、誰と間違えているのか、ひとむれをかき分けて平舞台の近くまで連れて行こうとする。何だあんた、と言いかけてはっとなった。

舞台の脇で右舞《うまい》をみている。陵王の襲装束《かさねしようぞく》に面をつけて桴《ばち》まで握っている。さっきまでこんな装束は着ていなかった。牟子《むし》、袍《ほう》、糸総《いとふさ》をめぐらした裲襠《りようとう》、唐織の袴《はかま》、繻子《しゆす》の靴下のような絲鞋《しかい》まで履いているのだからこの身体は舞人のようだった。ひと違いではないようだった。あたりをみまわそうとすると女に首をつかまれ逃げようもない。どう舞えばいいのかもわからない。ゆゆしき事になってしまった。緊張でげっぷが出る。口が磯臭《いそくさ》い。胃の腑を持ったひとのにおいがする。女の手は異常なほどつよい力で首をひきつかんだまま、はなそうとしない。視界をせばめられた面越しにちらりと女をみるとおにのような顔をしていたが女はまぎれもなくひとであった。

ひとの顔はどれも似ているので女が誰かと間違えているのかもしれないと面をとって顔をさらしたところで、いったいどういう顔をしているのかもわからない。どうしたって装束は着ていて、ずしりと身体が重い。この身体は舞人に違いはないのだった。ひとになってしまったからと、割りきるよりない。やはりもののけかおにか、猫になったほうがよかった。

右方の舞が終わっていよいよこちらの番になる。竜笛《りゅうてき》が鳴り渡る。女に促されて、よろよろとこの身体を前にだす。大鳥居の向こうがよくみえる。そこからは本来ありうべき対岸の山や市《まち》の景がかき消え、かわりに、ごおごおうねりをあげた煙突が幾本も聳《そび》えて、汽船がゆらゆら光っている。火焼前《ひたさき》には一艘《そう》の小舟。小乱声《こらんじょう》がはじまるなか、高舞台までやみくもに走り出て、一度桴を打つやいなやまっすぐ先の火焼前までかけだしその舟にとびのった。かしいだ音を響かせながら鳥居をぬけ、月をこわしひろやかな海上にでてゆく。咎《とが》め立てる声はない様子で、煌《きら》びやかな照明の高舞台を背に、音が退いてゆく。遠長《とおなが》に、たくさんのさんずいの重なり。きわめて硬質な煙突から煙の噴きあがるあたりはぎらぎらと炎が空を灼《や》いている。

ここで振り返るとどうなるんだろうか。

けっして振り返ってはなりませんよ、というのは神話によくあるところで、しかし振り返ってはなりませんよということはかならず振り返らねばならないということでもあろうから、きちんと振り返る。舟がたちどころに失《う》せてうなそこに沈んでゆく――ということはなかった。なにもかわらなかった。高舞台では舞人がたいそう壮麗な姿で陵王を舞っている。すべて滞りなく進んでいるらしい。それがこの身体《からだ》を持ったほんとうのひとのすがたであるのか、あちらがこの身体の人形《ひとがた》なのか、あるいはもののけかおにか、また全くちがう別のひとの姿なのか……そうした思念が漠然とよぎるばかりでそのどれであってもかまわない。いまにぐにゃぐにゃとこの身が溶けてまた不定形の世界になってゆくかと思えばいつまでも身体は固く溶けそうになかった。角はいつまでもはえず、もののけやおににもならない。社殿の吊《つり》灯籠《どうろう》の橙が狐火のように海に散っている。すべて、水紋のうちにそれをみとめる。舟は波をめくった裏側にいるらしい。海中にいるというのでもなく月や木星、綺羅《きら》星《ぼし》だのが空に散っている。

舟はどんどん進むらしい。面にくわえて潮気をふくんだ装束が総身に伸《の》しかかる。この身体をあらしめる骨や肉や臓腑《ぞうふ》、皮膚も頗《すこぶ》る重い。どこに向うかはわからない。どこかに向っているとしてもこちらが近づいているのかそれとも向こうがこちらのほうまで迫りきているのかもわからない。それでかまわない。ひとまず身をよこたえる。

へ
ものににおい、ひとのやけるにおい。

いくら馴れていても暑い夜には臭気で鼻を削《そ》がれる。風にのってあたりの音やらにおいやらが川端に滞留する。運ばれてくる海のにおい。汚泥《おでい》のにおい。荼毘所《だびしょ》が近いからか、いつもひとのやけるにおいがする。あるいは魚の焼ける、このしろのにおいであるのかもしれない。いずれにせよ臭気に変わりはない。魚鳥のにおい。三味《サミ》の音にまじる女の白粉《おしろい》のにおい。鉄漿《かね》のにおい。屋形船がぎいぎい鳴っている。性愛の音であるらしい。

棹《さお》をさす。水草にへばりつくへどろ、葦《あし》、くいなやしぎが眠っている。くいなやしぎくらいしか水辺に住まう鳥の名をしらないから、ほとんどがくいなやしぎにみえる。くいなとしぎの区別もできないからどれもくいなやしぎであると思っている。

岩陰に潜むものをみることは意識的に避けている。無脊椎《むせきつい》のいきものの巣穴、羽ばたきばかりの佐禽《とり》――みないほうがいいものはみないほうがいい。そうやってきたから、まだこうして舟の上にいる。

客をのせ、頼まれたところまで運ぶ。それで日銭を稼ぐ。客はなにもヒトには限らない。ときによって様様かわる。めづらかな爬虫類《はちゅうるい》、剝製《はくせい》、USBメモリ、密書の入った文箱《ふばこ》、スーツケース、厳重に梱包《こんぽう》された板きれのようなもの、あるいは生あたたかな風呂敷《ふろしき》包み、段ボール箱、夜更《よふ》けに運ばねばならないものである以上、たいていよからぬものに違いはないのだ。ヒトでもものでもあまりこちらにかわりはない。そうした客を乗せ指定されたところまで、ただ運ぶ。このただというのがわりにむつかしい。

川で夜舟がすれ違うときは横目で舷《ふなばた》だけを確認する。たとえ狭い川筋であっても決して互いの舟を凝《じっ》とみてはならない。うっかり顔をみると事だと、ヒトを乗せている場合はよくよく留意せよと随分昔に教えられた。しかしその教えた舟頭《せんどう》の顔も声音もすっかり思いだせない。いったい、どんな風体だったか。

――、手をひいてのせたはずの客が今し方いなくなった。いなくなったというよりは消えたというほうが正しいのかもしれない。消える瞬間というのをみたことはないが、棹にかかる負荷ですぐにわかる。音もないから、おちたのでも何かに喰われたわけでもない。物音ひとつたてずに客が消えるのはそう珍しいことでもない。

とくに月の翳《かげ》るようなときには。幽霊のたぐいがこわいというような舟頭はいない。ただ足がないのが困るだけだという。

あかつきになるころ舟を岸に寄せて、おぼつかない水辺から身をあげ、かたい土を踏む。岸辺の土の上も水を張ったように蹠《あしうら》はしばらくゆらゆらくにゃくにゃ、波うつように感じて足がもつれる。そのうその触知というのは悪いものではない。労働から一時、確かにはなたれたのだという悦《よろこ》びでもあった。身を流れる血液や髄液といった液体も揺れてぽちゃぽちゃ音をたてるなか稼ぎを受け取る。いろいろ難癖をつけられては賃金を差し引かれて反対に不足分を払わなければならないときがあるが、それを不当だといちいち腹をたてていても仕方がないから、あまり考えないようにしている。稼ぎがわりにあるときは魚河岸《うおがし》に寄る。貝の剝《む》き身を米と炊《た》いたのを食うこともあれば、生簀《いけす》から、きす、石鰈《いしがれい》、ほうぼう、さより、小鯛《こだい》、鰺《あじ》、傷のついたやつを捨て値で手に入れて、気分によっては酒も買って、東雲《しののめ》から曙《あけぼの》になるというころ、ぱんぱんに張った身体を引きずって帰る。たまに、階下に住む年増の女が黄ばんだ麻襦袢姿でごみをだそうとしているところと鉢合わせしてしまう。

女は、驚いた顔をつくって、あらいまお帰りですかとこっちをみる。顔を合わせるたびに、そうした顔をつくる。一晩中口を黙していたから挨拶をしようとしても舌の上でことばがはじけるばかりで何もでてこない。仕方なしに黙礼だけをする。あからさまに怪訝《けげん》な顔をかえされる。みしみしと勾配《こうばい》のきつい階段を一歩一歩踏みしめるうち、いまに踏み板が抜け落ちそのまま地面にたたきつけられるような気がしておもわず手すりに縋《すが》りつく。建て付けの悪い戸をあけ、熱のこもった玄関先でしばらく身体を仆《たお》し節々をのばす。天井をながめながら身体の揺れがおさまるのを待って、そのあと食事をすませる。流しの電球がきれているがずっとそのままになっている。テレビやラジオはない。パソコンもないからネットもつなげない。ひまをもてあますほどの時間を所有していないからそれもべつだん困らない。持っていた時計もいつしかドット落ちして表示板はいつみても数字とならない線だけをうつしている。当然新聞なんかもとっていない。いまがいつであるのかということも簡単にわからなくなる。ケータイも契約が切れてひさしい。とはいえあっても金が嵩《かさ》むだけで意味がない。持っていたときも別に誰からも連絡は来なかった。とりたい相手というのもいない。職を探すのに使っていたくらいで、だからいまはまったく必要がない。そう、いまは。でもこの生業《なりわい》は辞めるということができるんだろうかと思いかけて、咄嗟《とっさ》にそのことは考えないようにする。重力に圧《お》され、食器を片づける力もなく身体を仆す。肉や骨の隙間《すきま》にたまった澱《おり》をとかそうと、四肢を弛緩《しかん》させ、乳酸をやわらげる。血脈のこまやかに分岐する一筋一筋までなだめるように管をゆるめてゆく。すっかりのぼった陽射《ひざ》しでじりじり部屋の温度が上ってゆく。砂壁に光斑《こうはん》がぐにゃぐにゃ流れて壁の奥へとしみこんでゆくのをほとんど幻のようにみとめて、カーテンなどないから遮蔽《しゃへい》しようのない野蛮な光と熱をうけとめながら意識がうすくなってゆく。身体が水っぽい湿った畳に沈み込み、がくり、と底抜けになった気をおこす筋力のひきつれを幾度かくりかえす。眩《まぶ》しさに背をむける余力もない。意識をなかば失いかけたまどろみのなかで、物売りのなにかわからぬ活気のある声がひびく。車を曳《ひ》く音、笛の音、それらを耳に留める。それからつづく、近くの工場や荼毘所の煙突から流れでる排煙の、いおうや煤塵《ばいじん》が窓からわずかにはいりこむそのにおいも、確かにまだ生きているという心地をひたとさせ、ほっとなるのと同時に意識がたちきれる。すぐにまた夜になって、川岸まで歩く。それをくりかえしている。

ひたすら闇夜《やみよ》に棹をさし、腰をつっぱらせる。そうした労働をつづけている。はじめは生簀の魚を買って帰ることがささやかな愉《たの》しみとして確かにあったはずだが、そのよろこびはすぐに潰《つい》えた。日に日に溜《た》まってゆく疲労で胃が働かないのか、嚥《えん》下《げ》はすれどすぐに消化不良をおこしてそのまま食道に戻ってくる。胸がつかえて起きると嘔吐《おうと》していたということも多くなった。疲労に圧されて感情もつぶれてゆく。味もしない。身体が重くて食べるということが億劫《おっくう》になる。

暗闇になれてゆくと、しだいに闇がやわらかなもののように思えて、心が外に溶け始めてゆく。ぽたぽた川面《かわも》に落ちる提灯のあかりくらいのかよわい接触でないと光を目がうけつけない。暗がりでも、こまやかな波紋がよくみえる。水をめぐるいくつものことばが浮かんでは消えてゆく。別になにかを思い出そうとしてでてくるのではなかった。ただことばが形をなしたかと思うとすぐに崩れる。そのことばに何の意味もない。ただ考えないようにするために漠とわきどこかに流れてゆく。この労働をつづけるコツがあるとすれば、自分自身に考えるという機能のあることを放棄させる、忘れさせることにつきる。それがもっとも重要であってあとはさしてむつかしいことはない。棹のあつかいは二の次になる。とにかく無感覚でいるということ。それしかない。

この労働をながくつづけるものは極端に少ない。よく、消える。ちかごろみないと思っていた舟頭が水死体になってひきあげられることも少なくない。身体が揃《そろ》ってひきあげられるだけましなのかもしれない。気の利《き》く人間は疎《うと》まれ、警戒され、みないと思えば消えている。殺されたらしいと気色ばむようなやつもいない。しばらくすると似たようなのがこの労働に落ちてくる。そうした入替がぽつぽつおこなわれている。行方をくらますはなしばかりで致富譚《ちふたん》はきかない。あったとしてもそういうはなしは秘匿《ひとく》するだろうから出まわらないだけかもしれない。

いつものように夜が流れてゆく。運が良いのか、今夜もまだこうして舟の上にいる。退屈であるという気もとうにおこらなくなった。とにかく詮索《せんさく》さえしなければよい。なにも考えず舟を流し、客を運ぶ。それでいい。

はじめは考えないようにするということが辛《つら》かった。しかしそれに馴《な》れるとだんだんと自動的に何も考えなくてすむようになる。考えない、考える、といったことすべてが遠のいてどうでもいいようになる。考えようとしないようにすること自体が億劫になってそうしてまるでなにも考えなくなる。朝が来る前に舟を岸に寄せて、しばらく眠る。そしてまたいつものように夜が来て、棹をさす。きりがない。なまあたたかな袋を渡して金を受け取る。鉄臭《かなくさ》い液体が手についたのを腰を屈《かが》んで洗い落とす。身体が強張ってうまく屈めない。筋肉が腫《は》れあがっているがごわごわするというだけで痛覚もわからなくなっている。死んでいないし生きていないし、このまま無になってゆくのではないかと、ふと思う。はじめはまっとうに生きているつもりだったが、人間的なところから脱落しているんではないかと、ふと思う。はじめはそんなふうに思い至ること自体が怖くて仕方がなかったが、いまや思ったところでどうもしない。どうで逃げられないのだ。川というのが自由であるとは到底思えない。このまま棹を捨て、川の流れるまま漂うてどこかに漂着したいということなど、甘ったるい夢でしかない。

大きな橋梁《きょうりょう》をくぐり、むきだしの橋桁《はしげた》をみあげる。こんな構造で橋の裏ができていることを昔は知っていたかどうか。ずいぶんいろいろなことを忘れている。どうしてこんな境遇に落ちているのか、よく覚えていない。前の労働は何だったか。傘でも張っていたか、薬でも売っていたか、よく覚えていない。あれこれと浮かんでくるのは、勤め先をクビになったこと、それで勤め先の金を盗んだこと、舅《しゅうと》を殺したこと、女房も殺したこと、同僚もついでに殺したこと、やぶれかぶれになって若い女を殺したこと、雪片が降りおちるなかで虚空《こくう》をキッとみつめている男はいったい誰のことなんだろうか、……とんでもない、血みどろの、凄惨《せいさん》な場面ばかりがよぎる。自分の境遇なんだろうか。ほとんど何かの物語をパッチワークしているらしい。それでも、だんだんとその気になってゆく。しかし、ほんとうは、いったいどうしてここに落ちてきたのか。あわてて、今朝きいた物売りの声を思い出しながら、ひとつびとつ耳にとどめた声音を確かめる。生簀を回遊する魚の名を口でかたどる。そうするうちに今度はこうして舟の上にいる境遇もまた何かの物語であるようで、これもまたその物語の一葉にあたる零落ごっこではなかったかと思いはじめる。そうつらつらと思ううちすべてがどうでもよくなる。いろいろあって、いま、ここにいるということだけでいい。そのいろいろを考えることが億劫になる。飽きて、また考えることを放棄する。そしてほんとうにいろいろなことを忘れてゆく。

尿意を感じて、小便をする。舟上では排泄《はいせつ》を我慢する必要がない。きれの悪い小便でも、このときばかりはすこしたのしい。

川幅が拡《ひろ》がるかと思えば狭まり、川の真ん中にいるのか端近《はしぢか》にいるのかわからなくなる。距離感がつかめないのならまだしも、この川がどこにつながっているのかというのが判然としなくなる。こういうことは度度おこる。昼の川は滅多に筋を違えないが夜になるとすぐに違う。奔放によじれてきりがない。それは川が川である以上、本質的に仕方のないことであると思っている。水源のもととすえとがあべこべになって川の右岸と左岸がいれかわる。地図を書きかえて記憶しようとしても日《ひ》毎《ごと》ふるまいが変わるので追いつけない。川がどう続いているか、舟をだしてみないことにはわからない。とてもまともな労働ではない。それでも舟上でしか働く術《すべ》がない。死にたくないからか。……それもとうとうわからなくなってきたらしい。考えなくなってからこの身のわからないことが増えてゆく。

川がよじれやすいことは舟頭しか知らないとは思えない。おそらく口にしてはいけないことのような気がしてみな秘匿しているんだろうか。流れに惑わされて指定されたところにたどり着けなかったと弁解したところで、そのまま斬《き》られる。ほとんど博奕《ばくち》のような労働である。

昼の川から夜の川に落ちてきた舟頭にはこの労働はとりわけきついらしい。猪牙舟、押送舟、五大力船、瀬取舟、それらを扱っていたものは夜川を拒否する。あまりに身勝手なものになっているのに順応できず、すぐに消える。舟と縁のないまま流れついたもののほうが何がふつうなのかわからなくて狼狽《うろた》えることも少ない。向いていないからといってここから転職するのはどうにも不可能のようである。入口はたくさんあるがこの生業には出口がない。

ちょうど川と川の筋が合流する界面に舟を運ぶときは自然と身が強張《こわば》る。時に合流する刹那《せつな》に川筋の次元がずれてもとの水脈から切り離されてしまうことがあるという。違う川筋にはいるのではない。もともすえもない、くろぐろした水たまりのなかを、もとの流れと接続するのを待って漂いつづけねばならなくなるらしい。永遠に接しあわないままかもしれない。そこを竜宮や墓場《おくつき》だと言ったりする。風の運ぶきれぎれの音のなかに、思わず耳を塞《ふさ》ぎたくなる声がよぎることがある。重苦しい、ねばったその声に耳が捕《つか》まれる。水脈を断ち切られたところからする声だという。そういう声はもう何度も聞いている。耳を閉じるようにしながら、つぎはこの身におこるかもしれないと、むしろ、自分の声でないかと思うことすらある。

また水死体が流れてくる。根腐れをおこした自分じゃないかと棹《さお》でひっくり返して確認する。女のむくろだった。水がぬるいから腐敗もはやいし、臭気も酷《ひど》い。うじゃじゃけてよくわからないが着ているものからして若かったに違いない。半面の肉などはこそげおち、白い骨がみえ、眼窩《がんか》にぽっかり闇を湛《たた》えている。手をあわせるのも面倒だからしない。うまく流れてゆけば、明朝、誰かが見つけて水天宮までいやいや札を取りに行くだろう。水脈が正しく流れつづけるとすれば、この先はちょうど川と川の合流するくだりにあって、昔から水死体が浮かび上がりやすい。すぐにゑびす様を処理できるようにと、橋近に交番まで設けられたのだった。

また何かをのせたようだった。手を把《と》らずに勝手に乗りこんでくる客もある。

お客さん、どちらまで

返事はない。そういうときは適当に流してゆく。怪異のたぐいは出遭って気持ちの良いものでもない。とはいえ気持ちの良いヒトやものを運んだためしは一度もない。はじめは幽霊というのはきれいかきたないかこわいかこわくないか、そのどちらかしかないと思っていた。そもそも、幽霊というより圧倒的に魂魄《こんぱく》の欠けきった輪郭だけの幽霊とも鬼火ともよべないあいまいな内的情念を無くした半透明の膜のようなのが漂うことのほうが多い。かたちのしっかりとした幽霊も乗せたことはある。産女《うぶめ》であるとか、逆さ吊《づ》りになった幽霊であるとか。逆立ちしたままの格好で手をつかって乗りこんできたり、あるいは髪を手のようにしてつっぱらせ、全身を小刻みに震わせながら向かってくる。どうやら幽霊というのも重力に逆らいきれないらしい。ふわふわしているようにみえるだけで、実に鈍重で、喋《しゃべ》ったときの口臭も舟体にかかる負荷もたいして生きたそれとかわらない。哀れっぽく手を無理に垂らした折り目正しい幽霊もいる。生真面目《きまじめ》に、死して猶《なお》生きているものの作法にしたがっているのかもしれない。これほど幽霊に頻繁に遭うようになってから死ぬということが猶猶《なおなお》わからなくなった。幽霊である以上きちんと死んでいるはずで、生から死に変わるその瞬間というのを通過していながら、幽霊というのは死んでいるけれど生きているようにもみえた。死ぬ瞬間というのを通過するというのはどんなもんなんだろうか。自分にもいつかそれは来るんだろうが。

お客さん、

また消えたようだ。

どうやら、ついに、筋を違えたらしい。たいして驚きもせず、いよいよこの身にも来たかというばかりで、舟が勝手に進んでゆくのに逆らう気はない。棹をさす意味もない。向こうから白っぽい実が流れてくる。ぷくぷくしたむきたまごのような実で、川に漂うこともあるが、それは海から運ばれてくるという。波の荒れたときに浜にうちあがったりする。この舟は海にむかっているんだろうか。真っ白いその膨れた実がたくさん流れてくる。実の内部には甘い水がはいっていて、歯を立てて表皮をひきちぎればとろとろした水を吸い上げることができる。それはたまごや繭《まゆ》玉《だま》、あるいはひとがしらにも似ている。それを吸うとヒトでなくなるともきくが何度か隠れて吸ったことがある。たぶんみな吸っている。

舟の流れがぴたりと止まった。座礁《ざしょう》したかと疑うが舟体に衝撃はなく、身に迫る逃れようの無さを紛らわそうとでたらめに棹をさすがぬかるんだ土に深くささったのか抜けなくなった。脂汗《あぶらあせ》がでて手さきに力がはいらず、あたりも判然としない。

闇がひときわ濃く澱《よど》み、何度も棹を引き抜こうとするが一向微動だにしない。何かおかしい。凝《じっ》と面《おもて》をのぞきこむと、水紋をひとつとしてえがきだしていなかった。水が水であることをすっかり放棄してしまっているのか、凝固しているのが水なのかもわからない。つるつるした黒面が汪汪《おうおう》とうちひろがっている。たどりついたのは少なくとも海ではなかった。

とうとう着いてしまったらしい。着いてしまったらしいのだからしょうがないじゃないか。

ひとまず、舟から足をそっとだしてみる。面は硬くやけに滑る。冷やかなものかと思えばぬるく、氷結しているというのでもない。岸辺の土を踏んだときのように、ゆらゆらくにゃくにゃ蹠《あしうら》が水を感じる。このうその触知が忌忌《いまいま》しい。どこまでもくろぐろとつづいているが、はるかさきに、うっすらした光が滲《にじ》んでいるのがみえる。慕わしい光でないことは確かだが、すがるよりないと、そこに近づいてゆく。

それは小さな島から光っていた。黒面から、たしかに地表らしい砂利の敷かれた磯《いそ》を進む。点点と湿っぽい下草もちょっぽり生えはじめ、それが森につづいていていどうも光源は奥にあるらしい。灌木《かんぼく》も高木も混ざり幾幾も立ち続いていて、その枝葉の隙間《すきま》からうっすらあおい光を洩《も》らしている。踏み入れることに躊躇《ちゅうちょ》して磯をぐるりとめぐってみる。すぐに一周してしまうほどの狭い島であった。繁《しげ》った樹木越しに光線がいやに艶《つや》めいて伸びている。やはり入ろうという気はおこりようもなく、引き返そうと凝固した黒面にふたたび足をのばすと、にわかに面がゆらいでやわらかなもとの水へと溶解しはじめた。あわてて踏み出すが足もとの波は、――波が寄ったのかと思ったその濃い水のうねりは、黒黒しい筋は細波ではなかった。水でもなかった。奇妙に細長い鰻《うなぎ》だった。水のように湛えられた四方すべて、鰻のぬらついた背であった。見渡す限り密集し、犇《ひし》めき、果てしなく背がつづいている。轟《とどろ》くような海鳴りがきこえたが、それも海鳴りではなかった。鰻が泥に頸《くび》をうずめる、そのべっとりとした空気をふくんだ音が四方正面から響きつづけた。ヲボ、ォボォボォボ、……きいたことのないぬかるんだ音に、内耳にまで這《は》うような気がしてたまらず耳を引っ搔《か》きまわした。鰻は頸を埋《うず》めつづけ、背や腹が擦《こす》れて水蒸気があがり魚のにおいとともにすべてがうちけぶってゆく。遠くにみえていた棹は鰻にのみこまれ、舟はどんどん背に押され、ゆられて、退いて消えてしまった。笑うよりなかった。

葉枝の連なる奥から、決して陽や電灯、熾《おこ》り火にはだせない、陰陰と洩れてくる冷えた光をたよりにする他なく、こんもりと繁る草を分け入る。ぐじゅぐじゅした地表に肌が粟立《あわだ》つ。足を反らし、腰もひき、つま先だけで進んでゆく。樹木の乱立する間を身を横にしたりくぐり抜けたりしながらゆくうち、卒然と、足もとから空にかけて光があふれ、それに眩《くら》んで身体《からだ》をかたむける。おもわず手をかけた木の根には、夥《おびただ》しい菌糸体がつやつやと光をはぐくんでいた。これが光の正体であったらしい。不確かだったあたりがはっきりとみえた。ぐじゅぐじゅした地表は土ではなかった。か細い肉質の茸《きのこ》が地表の全《すべ》てをびっしり覆《おお》っていた。うすもいろの尖端《せんたん》をして、そのもぐらか鼠《ねずみ》の手のようなそれらがしゅるしゅると伸びはじめ、足の指に入り込んで巻き付いたかと思えば、ふくらはぎ、太腿《ふともも》と這い上がり、湿っぽい茸に四肢をとられ、そのまま身体は仆《たお》れた。

菌糸の光がいろいろな葉や実、樹木の上枝《うわえだ》まで照らしだし、筋張ったもの、球形のもの、いろいろなものが律動しているのがわかる。木立の洞《うろ》からとうもろこしのような粒だったものがぷつぷつ溢《あふ》れだし、枝という枝に、ぬらぬらとした白い蔓《つる》、赤紫の緻密《ちみつ》な毛がからんでいる。網目状に伸縮する赫《あか》い管、青紫や黄褐色の固体とも液体ともつかない臓腑《ぞうふ》のようなものが幹に張りつきせわしなく活動している。季節違いに咲いた野藤の房が太い枝枝にびっしりからみついて甘ったるい馥《かお》りを漂わせたかと思えば、菌糸類や粘菌類、酵母や黴《かび》の臭《にお》いもつんと入り込んで口腔《こうこう》がむせかえる。腐敗しているのか生育しているのか定かでない。ぴかぴかした鱗介《りんかい》のような歯のような板状のかたいものが生え揃《そろ》い、根から垂直に伸びている。どれも図譜に記載されたためしのない植物や菌糸ばかりだった。

ごろりと、川を流れていたむきたまごのような実が身体の横をころがってゆく。棕櫚《しゅろ》に似たピンク色の筋ばった木の上方からその実はおち、平坦《へいたん》な地表を意思があるかのように転がり、森からでてゆく。成育がすさまじく速い。芥子粒《けしつぶ》ほどの大きさだったのがみるみるうちに膨れあがり、落ちる。そして、ごろりごろり、ころがってゆく。

どのくらい経《た》ったか知らぬ。四肢をとられて仆れたまま、意識だけがのっぺりと続いている。この体勢に飽きているが、茸の手が桎梏《しっこく》となってぴくりとも動けない。空も暗いままいっこうに動かない。長尺な時間が経っているのかもよくわからない。

空が灰色にうっすらと光りはじめ、枝葉の隙間から洩れるころ、鰻の音もいくらか静かになった。耳が馴《な》れただけなのかもしれない。拘束されたこの身体はすっかり硬直し、いわゆる死相というのを浮かべていることを、はっきり、ありありとみつめていた。よく知っているような知らないような、何歳なのかもわからない。皺《しわ》くちゃの爺《じじい》のようなトッチャンボウヤのような。若くはない。いや若いのかも知れない。とにかく陰気な顔をしている。死相というのはたいてい陰気なものに違いはないが。目と鼻と口がついているだけのはっきりしない顔。五分むしりの御家人髷《ごけにんまげ》した顔面蒼白《そうはく》の男、皮膚はげっそりとさらばえて皺が寄っている。まるでみたかのように、むしろもうみたといっても良いようにみつめていた。いや、実際に目がみつめているのは、頭上のびらびらした樹木の影でしかない。しかしそれと同じようにはっきりとこの身体に死相が浮かびきつく拘束されているのを、可哀想《かわいそう》にと、まるで芝居でもみるようにして、他人事《ひとごと》のようにみている。意識が去《い》んでくれないかなと、すこしでも眠れはしないかと思うたび、穀類の発酵したのと同じにおいに気をとられる。空は明けようともせず夜に引き戻ろうともせず、タブやシイのこんもりと繁った裂け目から薄く射《さ》しつづけるばかりではっきりしない。雨が降っているわけでもないのに、湿っぽい靄《もや》がでて水母《くらげ》のような触手をひいてゆったり通り過ぎてゆく。鬼火や生体のようにそれがみえる。リボン状に密生する菌糸のいくつかも、角をのばしたウミウシ、シャコガイ、むっちりしたいぼを持つヒトデがへばってい るかにみえる。そうなれば雲も古代魚の腹の鱗《うろこ》のように垂れ込んでみえる。知らぬ間に舟ごと沈没し、流され、水死体としてうちあがらず海に流れてしまったのか。そうなそこであることにまだ気がついていないのか。そうだとして、一体いつの間に死んだというのか。死の瞬間を通過し、永い永い状態がはじまったということか。それがはじまっているとして、それなら、いままで生きていた状態とたいしてかわらないということになる。

はやく仕事を終えて家に帰りたい。しかし、帰るといったところでどこに。一体どうしていつのまに帰る家なんてものができたのか。……そもそも、帰るべき場所などはじめからなかったじゃないかと、一体いつから生きているのかと、どうしてこんなところにいるのかと、ふと思う。どうして夜舟に乗るはめになったかと考えはじめる。前の労働は何だったか。傘でも張っていたか、薬でも売っていたか……そうだ、勤め先をクビになって、勤め先の金を盗んで、いや、勤め先の金を盗んだからクビになって、いやそれも関係なかったんだっけ、それで、女房を殺して、同僚を殺して、ここに落ちてきたんだったっけ、舅《しゆうと》を殺したんだっけ、残忍な顔でキッと虚空《こくう》をみやっている自分の姿を一体いつみたというんだ、……それはどこかでみたりきいたりした物語で、そうやってもっともらしく不遇をかこちたかっただけで、ほんとうは。いや、そうじゃなくて……。とにかく、はやくここからでて、それで、そう。生簀《いけす》のなかで游《およ》ぐ魚から、きす、石鰈《いしがれい》、ほうぼう、さより、小鯛《こだい》、鯵《あじ》、傷のついたやつを捨て値で手にして、酒も買って、東雲《しののめ》から曙《あけぼの》になるころ、ぱんぱんに張った身体を引きずって、ひっそりとしたなか寝床に帰る。しかし、家路が思いだせない。熱のこもったあの部屋を思いだそうとしても、かたちがさだまらない。勾配《こうばい》のきつい階段もうつばりも水っぽい畳も抜け落ち、電球も溶け、近くの工場や荼毘所《だびしよ》の煙突からはきでたいおうや煤塵《ばいじん》がはいりこむ磨《す》りガラスも、木戸もくずおれ、砂壁もちりぢりになって、どんどん、とどめていたことのすべてがなまぬるい気体のようになって消えてゆく。

――考えない。考えない。身動きはできないが、べつだん舟の上とさしてかわらない。むしろ寝そべっていられるだけましなのかもしれない。目には苔《こけ》が生えはじめたらしい。むずがゆく、眠ろうとしてもそれができない。まどろみのなかで、物売りの声を確かに耳に留めていたように、とろとろと、ほんのわずかな間でも、眠りたい。しかし、その疲れた身体にしみこんでゆくやわらかな夢のような物売りの声は一体いつどこできいたのか。そのきいた耳というのはどの耳なのか。風の切れ目からなにかがきこえている。物売りの声ではない。鰻の這いずる音でも、海鳴りでも、川の流れる音でもなかった。舟上できいたきれぎれの音にまぎれた、重苦しい声が洩れている。考えない。考えない。四肢はがんじがらめになってますますほどけない。やたらぐじゅぐじゅして湿っぽい。いつのまにか苔が生えきったようで瞬《まばた》きをすることもかなわない。ますます眠ることが困難になった。あとはこの茸の養分にでもなって吸われるのをまつばかり。しずかにぴとぴとと慕わしくない水音もきこえる。この身の朽ちだした音かもしれない。しかしそのぬるついた音は耳に入りこむばかりで、うすもいろの鼠のような手も気のむいたときに四肢をなぶるばかりで、いつまでもこの身体を吸い上げようとしない。

　去ね、去ね、去ね。何度意識を失おうとしてもいっこうに明瞭《めいりよう》なまま。いったいいつまでこうしているのか。この身体が、やっぱり死んでいるのか教えてほしい。しかし誰もいない。ぼんやり空をみる。灰色の光が葉と葉の合間から射しこむ。雲が魚腹にも流れてゆくことをこばんだ東雲にもみえる。苔むした目からそれがみえる。いったいどうして。この身体をみているのが目なのかもわからない。この目がみえているのかもわからない。この目が誰の目かもわからない。死んでいないし生きていない。夜も朝もだいぶ遠いようである。

天を突くように――という安直なしめし方の似合う、一本の焼却炉の煙突。円柱のような佇《たたず》まいで、細長く、白く、やわらかなカーヴをわずかにえがいて上方にのびている。ひたすら実利をとった聳《そび》えかたで、白煙をたなびいて活動している。筋を空に曳《ひ》いたかと思えばちりぢりにひろがり、やがてとけてゆく。

それが実景でないことは知っている。

雨あがりにできたいくつもの水たまりにうつりようのないものをしかと認めた。蜃気楼《しんきろう》や逃げ水というような光と水があわさるとたいていふしぎな現象が起こる。そういった光の屈折がみせる錯覚だろうとはじめは思った。それはやにわにみえはじめたのだった。たとえ場所や時間帯を変えても水面にうつりようのない景物がしれっとうつりこんでいる。水たまりを傘でつつくと、波紋がたちうつりこんだものがこわされるようにそれも水の反映のなかのこととしてびよびよ同じようにこわれる。眼球になにか異変でも起こっていて、網膜や水晶体に何らかの傷が生じ、それがうつりこんでみえるのかもしれないと考えたが、水たまりをみるときにだけそれはうつっているのだった。今年の健診でも眼科でチェックはつかなかった。どうも眼に問題があるというのでもないらしい。疾患ではないのだから、妙なものが網膜に映るのですと病院にむかったところで眼精疲労といわれるか心療内科に案内されるだけだろうことはわかっている。そもそも、それがみえているということが不快なわけではない。水たまりがあるとしげしげ眺めてしまう。いつしかこういうものをみるときがくるだろうと、うすうす、どこかで予期していたのかもしれない。

雨後、降りるべき市《まち》に着く。いくぶんか水のにおいの籠《こ》もったバスの車内からいそいでステップを下るとロータリーがひろがる。市はうわすべりのにぎやかさでいつも混み合い、灰がちの、古ぼけたビルが不揃いに建ちならぶなか人がせわしなく行き交う。雨滴を浴びたビルはいっそうくろぐろとしている。みな苛立《いらだ》っているからたいてい何かしらの小ぜりあいがおきてクラクションが鳴る。痰《たん》を吐く。舌打ちもきこえる。それでも、今日も何事もなく家のある市に着いたとほっとする。人波にまぎれてまっすぐアーケードにむかう。妻に頼まれた品物を調達する。防湿剤、石鹸《せっけん》（無添加）、アンパンマンシールの付いたはみがき粉等。ビニール袋を受け取らないとスタンプを一個余分に押すというところなのでそのまま書類鞄《かばん》の脇《わき》に押し込む。

玄関に置かれた真新しい二足の長靴。花柄のと、ちいちゃなぺかぺかした黄色。台所にいる妻に買ってきたものを渡す。居間ではいっそうぺかぺかひかる黄色いレインコートを着た子供が一心不乱にテレビをみている。

子供と風呂《ふろ》にはいる。コミュニケーションが父子にも必要だからである。ふにゃふにゃした手で大好きなアンパンマンのおもちゃを握って水面にたたきつけ波をおこす。なにがたのしいのかわからないが懸命にたたきつけている。湯が浴槽からあふれる。沈没した船舶のおもちゃがわんわんと歪《ゆが》むのを引きあげて渡そうとするが、それにはいっこう気のりしないらしい。持たせようとするとぱっと手ではらわれる。浴槽に白く細長いそれがうつりこんだことはない。シンクや洗面器に水を張っても、ペットボトルにもうつらない。雨後の水たまりでなければならないようだった。おおきな水たまりの、湖や沼、川や海にはうつっているんだろうか。うだって真っ赤になった子供の身体をていねいにふきとる。じたばた動いて抱きついてくる。こちらも抱きつきかえす。

気象庁が入梅を告げた。ようやく告げたというところでたいがいもう梅雨が来ていることは身体でわかっている。むかしから気圧の変化に弱いらしく、一日のうちに大きく天候が変動したりするときは、眉間《みけん》からこめかみにかけてじゅくじゅくと疼痛《とうつう》をおこす。その回数が増すので、梅雨というのはあまり好きな季節ではなかったが、ちかごろ雨が降ると、アスファルトのくぼみをさがして陥没したところにたっぷりと雨水の漲《みなぎ》ったのを認めることがひそかな楽しみになっていただけに、雨もよいの季節というのをやり過ごすのにちょうどいいものがうつりこんだという思いでいた。今日も水たまりの面にうつしだされる景物の奥には細長い煙突がもくもく白い煙をあげている。あたりを確認する。こんな高高としたものはこの付近に存在しない。もっとよくみようとのぞき込んでみるが雨滴でひっきりなしに面がくずれる。波紋がくずれないよう、傘を水たまりにかざす。疼痛さえ去れば、雨というのはむしろ市のビルやら道やらにこびりついた人のにおいや気配の滓《かす》といったのが少しは洗われてゆくようで嫌いではない。滴滴と降り敷いて橋梁《きょうりょう》のかかる近くの川の水っぽさがあたりにただようのも悪くない。雨具のなかでもひときわ傘が好きで、それも真っ黒にぴんと張った生地の、骨組のしっかりしたのに自分の身体《からだ》とその周囲が包まれるとみょうに安心する。とうめいなビニール傘もあらゆるものが水に浸《つ》かってみえ、信号機がふしぎな海のいきもののようにかわる。緑のいきれ、皮膚が湿ってわずかにゆるまるなかでビニールのぺたぺたした材質に視界が覆《おお》われていると、胞衣《えな》に包まれているように心地よいのだった。かといって、いっそ身体中を胞衣にみたてたビニール製のレインコートで覆ってしまおうという気にはとてもなれない。皮膚にぺたぺたとやたら異質なものがはりつき、雨滴を直接うけるのとかわりない。すこしのあいだこの身体と外とを隔てる膜を手にして歩くということに素朴な快楽をかんじているんだろうか。視界を胞衣で包むなどと、母親をもとめているわけではないのに、ずいぶん幼稚な他愛《たわい》のないことを思う。

　傘に水たまりを招き入れてしげしげ眺める。波紋がよらないと、やはりくっきりと、その煙突がよくみえる。おもしろくなって雨が降ってもあがっても水たまりをさがし歩いた。

夜。テレビをつけてしばらく画面にうつるなにがしかをながめてはチャンネルを変えてゆくのがいつからか習慣となっていた。寝付きが悪いから入眠のためにしかたなしにテレビをつけているだけでみたい番組はいつもやっていない。消音のまま画面だけながめていてもなにがうつっているのかたいていわかる。おけさ節、魚河《うおが》岸《し》の移転問題、キルギスの情勢、土砂災害、うつしだされたかと思えばきりかわってゆく。ある事件の容疑者がいかに八方ふさがりの人生になっていったかが執拗《しつよう》に画面にうつる。芝居みたいな話だと、半眼でそれをみとめる。とりとめもなくいれかわる分子配列の光の屈折に眼を浸す。野蛮な光を浴びながら、その矩形《くけい》から流れてくる事事に深く気がとまることはなく、チャンネルを変えつづける。低予算のホラー映画、部屋干し用洗剤のＣＭ、車のＣＭ、保険会社のＣＭ、通信販売、放射性廃棄物の処分候補地の募集ＣＭ、ケーブルテレビのチャンネルをたどり終えるころ意識はとぎれがちになる。しかし、すぐにベッドに向かおうとするとせっかくの眠気がすうと退《ひ》いてゆくから、ソファに身体を沈みこませたまま瞼《まぶた》の重みにまかせてしばらくうつらうつらする。こうして起伏のない日常が過ぎる。単調、というのはなにもいけないことではない。むしろ単調はときに幸福であるにちがいない。こうして過ぎてゆけばいい。もとから小説や映画でもない限り、スリルと冒険！　だのスペクタクルといっためくるめくものに足をつっこむ体質ではない。現にこの目が認識してみてしまっている幻もつまらないものに違いない。ふつう幻覚というのは、妖《あや》しい光波をみて異常昂奮《こうふん》するとか天使がみえるだとか、車が話しかけてくるとかそういうものだと思っていた。煙突がみえるのを幻覚だというにはあまりにつつましい。想像力を幻のなかにも欠いていることがわかる。煙突などを水たまりのうちに認めてうっとりしているくらいが、テレビをみながらソファに身体を埋《うず》めるこの網膜にはふさわしいに違いない。それでいい。このまま、明日も、あさっても、革張りのソファに鈍重な身体を沈みこませて、日日並べて、そうして果ててゆければいい。何も起こらないというしあわせ。それのなにがいけないというのか。

　牡蠣《かき》というのは一度へばりついた岩から離れないまま生涯を送るという。いっさいの移動というのをしないでいったんへばりつくとずっとその場にとどまるものらしい。筋力が衰えて臓器だけになる。だからとろとろして旨《うま》い。筋力がなくて動けないからひとところにいるしかないのか、ひとつところにとどまるのがよくて筋力がなくなってゆくのか、どっちかは知らない。この身体も、このソファにへばりついたまま、この家で死んでゆく。いや、施設か、病院の一室かもしれない。たいていは自宅で死ねないというから。それでも、少なくとも、この市にへばりついたまま死んでゆく。むしろ半ば意地でもそうして死にたい。――そのとき子供は看《み》とってくれるんだろうか。孫、といったてんで想像のつかないことばもよぎる。妻にさきだたれては困る、とも思う。妻のことをほんとうに愛しているからだというわけではない。ほんとうに愛した人がほしいから妻をつくったのだった。それをよろしくない考えとも不篤実《ふとくじつ》とも思わない。妻のことは愛していないがたいせつな人に違いないし、わりない間柄とは思わないが彼女といると安堵《あんど》する。きっと妻もまた、ほんとうに愛した人がほしいから夫をつくっただけで同じじゃないかと思う。他所《よそ》に女をつくりたいという欲望もないし女をひきつける術《すべ》もない。子供は可愛《かわい》い。妻とはいくら性交渉をかさねようと心をかよわせていようと離婚をすれば契約はきれる。子供とはいつまでも縁がきれない。愛していようといまいと永遠に自分の子供なのだから生きている以上関与してくる。だから子供とはコミュニケーションをとっておいたほうがいい。何度も風呂にはいって、抱きしめて、会話をする。手続きをふむ。そうして確実に時間が経《た》ってゆく。

遠くで濃密にけぶる雨雲の切れ間から煙突がみえていた。水たまりのなかをひとしきりさがしてもそれがみあたらなくなったのをかえって不審に思って顔をあげると、それはすうと眼前に建っていた。まるでずっとその場にあったといったばかりに、何の違和もなく。水たまりからぬけでてこちらにやってきたらしい。触れることすらできるんじゃないかとその場所に向かおうと走ってみたがいつまでも煙突との距離はつづまらなかった。雨がやむとふたたびそれは消えた。市の景色になじんで、細長く、白く上空にのび、その排出口からゆっくり白煙をあげていた。やけにくっきりとしていた。鮮明だからといってさして驚きはしなかった。それから雨もよいになると自《おの》ずと下笑《したえ》んでしまう。疼痛が起こるたびに期待が膨らむ。うしろめたい悦《よろこ》びを感じる。そぞろであることは妻も気づいているらしく、雨雲が垂れこむとうわう わ窓に近づき惚《ほう》けた顔で虚空《こくう》をながめているのを不安に思ってか、疲れてるの？　ときいてくる。生返事しかできない。心を攫《さら》われるようになってはまずいなあと思いながらも目を遊ばせることはやめられない。どうせ、ただの幻だと自分がわかっているのだから、みえているうちにせいぜいたのしもうと、かまうものかと居直るような気持ちすら芽生える。

この煙突というのは、自分でつくりだしているのだから夢と同じようにあらゆるイメージがまぜこぜになって相即してできているのだろうと考えながら、それは古代遺跡の円柱にもみえるし、すべすべしながら隠蔽《いんぺい》したようなみょうに明るい白さもあって、どこかでみかけた清掃工場かなにかの煙突なんだろうか、あるいはテレビでみた発電所や精錬所、それとも母方の親戚《しんせき》が死んだときにみた、実利一辺倒の茶毘所《だびしょ》のもまた似たようなものだったか、それとも大好きだった銭湯の高高とした煙突。どれも遠い記憶で定かではない。それとも本か何かで読んだり挿絵でみたりした煙突なんだろうか。いくつもの記憶がまぜこぜになった架空のものをみている。幻を眼がみてしまうというより、そうした幻をみる眼そのものをこの意識がつくりだしているのかもしれない。何故《なぜ》みえているかなどはどうでもいい。いっさいが脳の誤認による伝達反応であるとしてかまわない。現にそれははっきりとみえている。自分でつくりだした完全な幻だとわかっていても、それは現実のものとほとんど同じであって、惹《ひ》かれずにはいられなかった。むしろ幻であるからこそ猶猶《なおなお》捕らわれてしまうのかもしれない。

夜。テレビをつけてしばらく画面にうつるなにがしかをながめてはチャンネルを変えてゆく。寝付きが悪いのは少年のころからずっと変わらない。むかしは腹部の上に手を組まないと眠れない癖があった。手を組めばすぐに眠れたが、母親から消化に悪いからやめろといわれて、ならば直そうかと思いながらも、いったんついてしまった癖はなかなか抜けず、いつまでも手をあてないことには落ち着いて眠れなかった。それが理科の授業で、いま思えばずいぶんと稚拙な人体模型だったが、ひとの体のしくみを知ったときから途端に手をおいて眠ることがこわくなったのだった。人間というのはこんなにいくつものあざやかな臓器で充《み》たされ、ばらばらの名をもった器官のかたまりでできているとえらく仰天した。その夜から、この皮膚のうちにはたくさんの臓器がたまってることが気にかかって腹部に手を組んで眠ることができなくなってしまった。手の圧で、胃とか肝臓とかが潰《つぶ》れるんじゃないかと当時はなかば本気でおびえていたのだった。しかし、いくら恐怖がさきだつといってても手を組まずに眠ることはなかなか難しく、手を組んでうとうとしてははっとなることをくりかえすうちに夜も深まって、早く寝なくてはと焦《あせ》るうち、鼓動がだんだんと早鐘を打ってゆくのがわかる。手は自分の意志で動かせるが心臓はまったく自分の意志に反して勝手に運動していることに気づくと今度は寝ている間に心臓がうっかり鼓動を打つのを忘れてしまったらどうしようとかと、そんなばかなことを考えているうちにもはや生きているこの身体がこわいという思いにすら襲われて、身体はすっかり火照《ほて》り、脂汗《あぶらあせ》もにじみ、呼吸が荒らぎ、しまいに呼吸の仕方も不確かになって意識的に浅い呼吸をくりかえし過呼吸に陥る。ぜいぜい苦しみだして泣きじゃくる我が子の声に隣室から母親があわててやって来て、台所にあった茶色の紙袋をかぶせる。安紙のにおいを二酸化炭素といっしょに何とか吸いこみながら泣きつかれて眠った。そんなことがしばしばあったと、そのすさまじい恐怖感があったことだけが残っていて、どんなこわさだったのか感触は忘れてしまった。

しとしとと永遠に水をおとしつづけるかのように雲が低く垂れ込んでいる。絶え間なく糸水が伝い、葉もたっぷりと雨気を吸いあげて充溢《じゅういつ》しているのがわかる。土や草のいきれくささが市をつつむ。樋《とい》をうつ音がこきみよくきこえるベランダにでて、すべすべしたそれをみている。ごちゃごちゃ乱立するマンションのはざまから建ちのぼっている。少しずつ、しかし日ましにそれはこちらに近づいている。どうせ自らつくりあげた幻なのだからいつみえてもかまわないはずなのにいつまでも雨の降るときにしかみえないのだった。週末に天気がくずれるとわかると、ていねいに窓ガラスに撥水《はっすい》スプレーをかけて雨にそなえた。こまやかなしずくがぽろぽろガラスを滑り、家の電光がそれにうつって滲《にじ》む。あきもせず、窓際《まどぎわ》の椅子《いす》にもたれて、煙突のすがたに見蕩《みと》れた。雨のなかではためき、幾筋もの白い帯が空に拡散し、やがてとけいる。あくがれて、ふわふわ意識が退いて指や足の感覚まで失われ、しんと冷えてゆく。

ひとつの臨界期、ちいさな危機みたいなものがじわじわとたましいにくいこんでいるんだろうか。たましい、なぞというふだん意識もしていなかったことばが、やけにしっくりと胸におちる。重力にしずんでゆくこの身体がそれをいくらかかわして、ほんのすこしのあいだ遊離してゆく、その瞬間がほしい。その空に消えてゆく白煙は、自分のむくろの焼ける煙かもしれないと目にとどめながら思った。ずいぶんとあまったれた幻想だとあきれる。自分自身をくべたときのそれであるかのようにみることは、ひとつの立派な自殺欲求なんだろうか。身体から引き剝《は》がれたいと、窮屈だと感じていることは……。

死にたいというわけではない。むしろ積極的に生にしがみつきたがっているタイプではないかと思う。風邪をひきそうになれば葛根湯《かっこんとう》をのむ、流感がはやるときけばマスクもする。食事にも気をつけている。健康診断も毎年欠かさず受診している。数値が悪ければ自制する。でも、いったい何のために——自分のために、妻や子供のために。逆さ別れにならないようにと両親からも再三いわれている。海に身を投じたいといったような死への欲動はない。ましてや、生きながらさかる炎にこの身をくべたいなど思ったこともない。生きたまま焼かれるなど。そんな無体なこと、とても。

天気はくずれそうでくずれないまま持ちこたえていた。ぐらぐらと落ち着かない気圧のせいで疼痛が激しい。バスを降りて市のロータリーから、古ぼけたビル、縺《もつ》れ合うような電信柱、信号機、殺伐としたアスファルト、赤、黄、あお、みどり、オレンジ、黒、みずいろに彩色をほどこしたタクシー、市をあまねく巡回する何台ものバス、駅からあふれだす人人、ドラッグストアのネオン、アーケードの入り口にかかった銀紙のついた七夕用の笹《ささ》。信号がきりかわりその熱を帯びない色がただ明滅しつづけ、一人一人の歩調がわずかにことなりずれながら流れてゆく。その跫《きょう》音《おん》のひとつとしてこの身体も人むれのなかで足をすすめ、アーケードをゆく。妻に頼まれた品物を調達する。ベビーパウダー、おしりふき、ベープマット、それとアスピリン。あらゆる店でたくさんの雨具をみかける。甘味屋の壁に貼《は》られたかき氷の文字、冷やし中華ののぼり旗。格安扇風機、除湿器。おもちゃやの店頭には、うきわ、たもと虫取りかごが出してある。母親の田舎に行ったときに蚊帳《かや》をつったことが急によぎる。もう随分とむかしのことになってしまった。精神の成長は横ばいであるのに年齢だけが毎年嵩《かさ》をましてゆく。今年退職した上司が「門松は冥土《めいど》の旅の一里塚」というのがちかごろやけに思いおこされるとぼやいていたが、自分の年齢にはたと気づいてたじろぐ。知らないうちに退職までの年数のほうが入社してからの年数より少なくなっていた。生きているのだから時間は経つのだった。

雨の降らない休日はおちつかない。妻は仕事先の友人と映画を観《み》にでかけた。そうした友人が自分にはいない。暇があれば本を読んできた。いまも子供が昼寝をしている間などに読む。むかしは、なるたけ幻想性の強いものを特に読んだ。自分は臆病《おくびょう》でいかにもつまらないことしか考えつかないから、せめて本のなかでは強烈な体験をしたい、動揺したい、幻惑されたいとして読んでいたのだった。あるいはつまらない実人生というのを生きるうえで何かしらの解を得たいと殊勝にも思っているふしがあった。生きる、といったことに対しての注解を得られるんじゃないかというほのかな期待をよせて読んでいた。実人生、というのがそら言のように響く。習慣として読書をしているだけで、ほんとうの意味で読んでいるのではなかった。いまやほとんど何が書いてあるのか認めていないまま目が文字を追っている。雨が一粒でも降れば、ほんとうの幻に取り憑《つ》かれるようになってしまった。

少年が青年になり青年もくたびれがかったころ中年となってやがて老年期にいたる——蚊帳にもぐりこむのをよろこんだり、幻想小説を読んで、頁《ページ》をめくるのすらもどかしいくらいにどきどきしていたその少年と、中年の自分とが、同一人物であるということがふしぎでならない。いろいろなことを忘れてゆく。時間の系列がふるいにかけられてしだいに記憶が無差別になってゆき、ていねいに自注をつけても追いつけない。

いや、それとも少年が学校から帰るためのバスに乗っていて、家に着いたと思って降りたら、ひとまたぎに中年となった自分がむさい市に呆然《ぼうぜん》と立っていたという気にもなる。少年の自分と、煙になった自分と、あちこちで自分が遍在していて、こわくて過呼吸に至った少年は少年のまま今日もどこかで蚊帳をつった布団《ふとん》のなかでこわごわ眠ったりしているんではないのか、いつまでも。それと同じようなこととして、自分の身体《からだ》がくべられるときの白煙もいつまでもどこかで揺れているんじゃないだろうか。それを自分はみているんではないのか……。子供と添い寝をする中年の自分も、永遠にその記憶のなかの一場面としてとどまりつづけるんだろうか。きみょうなことを考えてしまう。いつも考えることが安っぽい。やっぱりいつまでも幻想性の強いものに惹かれるらしい。時間は日日流れて、少年は青年になり中年になった。そして老年期が待っている。昨日の自分があって今日の自分があるから明日の自分がある。昨日の自分の責を今日の自分も負わねばならない。あたりまえのことだ。

同僚が急逝してその葬式に参列した。「不慮の事故で」ということだが、いっしょに列席した同期のはなしだと、どうもそれは「不慮」の事故によるものではないという。ほんとうのところはわからない。死は少年期に感じていた恐怖とはすっかり変わった。ある程度の年齢になると、日常的にちかしい人が死にはじめる。死はいつも突然で、どんなに心の準備をしていたとしてもやっぱりどこまでもだしぬけにあらわれ故人との関係のなにもかもが途絶する。それはのけようのないことで、それでも、何度でも、人が死ぬたびに、はじめてのことのようにおろおろしてしまう。

名前と顔、ラグビーがうまくて花園かなにかにでたということは知っていたが個人的なつきあいはさしてなかった。まわりに促されるまま斎場までついていった。斎場の外をうろついたが煙突らしいものはみあたらなかった。焼場の煙突をみたいというのが斎場に行きたい本心であったから、がっかりしたのと同時に後ろめたかった。斎場という冷ややかさも暖かみもなにも伝えない施設には個性というものが一切存在しない。それでいてひたすら死体を燃焼させるための工場だと開き直るわけにもいかず、とどめることを拒むようにやたらどこもかしこもツルツルして、蛍光管の光線が床を曳《ひ》く。時が緩慢としかし確実に流れる。抹香のにおいがただよう。お子さんがいなかったのが何よりだったという潜音《ひそみね》。新しい人を探しやすいからだろうか。

待合室でビールを飲みながら、同僚が焼き終わるのを待つ。親族から離れたところとはいえ湿っぽい話題しかでない。墓石に拘泥《こうでい》する人がいることは知っていたが、骨壺《こつつぼ》もまたいろいろとあるらしい。どんな形にするのか。石といってもいろいろある。生前にじっくりと自分をおさめる墓石だの骨壺だのを選ぶ。自分で釉薬《ゆうやく》をかけた手製の骨壺をつくる人もあるという。きちんと死のうとすればそれなりの用意と金がいる。そうしたことまで生きているうちに考えておかないといけないのか。

骨揚げはなれない。同僚をかたどっていたその身体が、ビールを飲んでいるあいだにすっかり無くなって、窯《かま》からひきだされるとひからびた骨になっている。ひたすら剝《む》きだしになったという脅威もおそれも生じない。身体をつくっていた肉や血といった人体のびしょびしょのところがほんのわずかな間にダクトへとのぼってどこかにはきだされていった。同僚の骨は丈夫で葬儀屋の用意した骨壺にすべてはいりきらなかった。おおきな骨片を金槌《かなづち》でばんばん叩《たた》きわって巨大なパンくずとりのような器具ですくっては押しこんでゆく。ラグビーをしていたというのもよくわかる。斎場の係員もいたって神妙な顔で叩きわっていたが、なかなか砕ききれず閉口しているようだった。いやな金属音がつづく。坊主《ぼうず》が「立派で丈夫なお骨です」と気の利《き》いたふうに言ったが、そんな骨をもっていても人間は死ぬんだという気持ちにしかならない。こらえきれず奥さんがおらび泣き、それにつられて年老いた同僚の母親が、悲鳴にもならないのどの絞まった声をあげて小さな体軀《たいく》をさらにこごめて床にへたりこんだ。

妻が塩をちょろっと玄関にまきながら、子供の発話が遅れているかもしれないとしきりに話してくる。疲れてるからあとにしてとは言えないかわりに生返事をする。以前も妻が気にして託児所の所長だの小児科医だのに相談した。そのときには発話には個人差があるからあまり目くじらたてて気にしない方がいいといわれたのだった。一時は、アーケードの脇《わき》に時折のぼりばたをたて姿をみせる易者に子供をみせにゆくとまで言っていたのを、義母といっしょにしきりに止めた。発話の遅れは共働きのせいだからといわれたことがずいぶんと気にかかっているらしい。誰に言われたかと問うと、いつも自転車をのりまわして賢《さか》しら口をたたく近所のおばさんの言ったことだった。小児科医や自分の母親の話とどっちがもっともらしいか考えてみればすぐにわかるだろうと言っても、しきりに、子供を三人も産んだ人がいうんだものと気にしている。子供はじっとテレビをみている。妻が突然テレビを消すと子供は泣きだした。テレビくらいいいじゃないかとつけてやる。テレビも発話を疎《そ》外《がい》する要因であるという。それもどうせおばさんからきいたんだろと茶化すと妻は激昂《げきこう》した。激昂するとわかっていてつい言ってしまった。コミュニケーションは父親の役割でもある、だから父親にも責任があるのだと。そんなことわかってるよ、話しかけてるしおむつも手伝ってるしお風呂《ふろ》もいれてやってるだろ。当たり障《さわ》りのないことをのらくら言って退《の》けようとしていたのに、つい言ってしまう。良くない言い方をしたとわかっていても言ってしまった。呆《あき》れ返った顔で、ぜんぜんわかっていないと妻は台所に籠《こ》もった。

子供と風呂に入る。話しかけようとしたがみょうに意識してしまって何をどう話せばよいのかわからなかった。抱きついてくるので抱きつきかえす。アンパンマンのおもちゃをふりあげて、アンパンマンという。そうだね、アンパンマンだね、と応答する。子供は、しきりに、アンパンマン、と言って浴槽にそれをうちつける。そうだね、アンパンマンだね、お船はどうかなと言って他のおもちゃを渡すがうち捨てられる。しきりと、アンパンマンとうちつづける。いっしょにくり返す。ひとしきりアンパンマンを連呼すると、子供は紅潮し腕をあげてよろこんだ。アンパンパンマンが好きかときくと、アンパンマンと答える。今度はパパが好きかときいてみた。それにも、アンパンマンと答える。もう一度きくと、生返事になる。抱きつくと子供も抱きかえしてくる。子供は可愛《かわい》い。抱きしめていれば、そのうち会話も密にできるようになるのではないかと思う。しかしそのうちっていつなんだろうか。

沖縄、奄美、九州地方と、しだいに梅雨が明けてゆくころには疼痛《とうつう》の回数もずいぶん減っていた。このまま永遠に糸水をひいていれば良いのにと季節がうつろうことがいとわしくて仕方がなかった。雨の性質もわっと降ってはすぐにやむ夕立に変わりはじめ、何より雲の形がすこしずつ高く盛り上がりにゅうどうぐもに近づいていた。もうすぐ梅雨が明け夏が来る。そうして時間は確実に経《た》ってゆく。秩序にあらがえるものでないから、はやいか遅いかだけで、いずれこの身体も失《う》せる。高熱に燻《いぶ》されて骨壺や墓におさまることを想像する。それより前に親を看取《みと》らないといけない、死ぬにも金がいるからとにかく定年まできちんと仕事をして市に帰って、妻と子供とこれから暮らしていかなければならない。単調で、しかしそれはなにより幸福なことなのだと思っても、どうにも重苦しい。身体にあらゆる生きたものがのしかかってきてそれが辛《つら》い。……自分が死んだときの骨の焼け方ばかり考える。高熱によって皮膚のうちにたたえられていた液体がいくらかの水蒸気となり、清潔な燐酸《りんさん》カルシウムと細胞のかすもいっしょに煙として吐き出され、誰かがそれを吸う。空気といった流体にこまやかにまぎれ、光の粒子といっしょになったそれを知らずに吸い込む。この身体を構成していた有機的ななにもかもがこまやかに砕けて、目にもとまらない粒粒になってほうぼうに拡散してゆく。それが誰かの唇や頬をなぞったりとりこまれたりして肺にはいったりする。そうしていくつもの生体をとおりぬけてゆく。骨片もそのへんに撒《ま》いて腐葉土にでもなるか、海や川に流れて魚や腔腸《こうちょう》動物にはまれたり、あるいは蒸発し積乱雲になって市に落ちるのもいい。やわらかいほとんど蒸気のような小糠雨《こぬかあめ》となってはじめはゆるやかに髪を巻いた女のその一筋一筋の輪郭をなぞるようにすべりおち、皮膚のうちにしのびこんでゆく。血液にまぎれ、液胞としてうちにとりこまれながらたゆたう、身体のうちを浸す多量の液体のうちの、その女を構成するわずかなわずかな構成素としてしばらく流れてはふたたび体外にはみだし、海にそそがれる。終りがない。そんな腑抜《ふぬ》けなことばかり考える。死んだら記憶もみな無くなる。少年期の記憶も、今日の記憶も。記憶も燃えて、どこかにとんでゆくんだろうか。誰かがまるで自分の夢か自分の記憶であるかのように、この身体の体験のようなものを骨粉を吸いこむごとにみたりするんだろうか。この身体がいままで実体験としていた、いくつもの記憶も、誰かの細胞のかすを吸いこんでそれをふくめて自分の記憶のように思っているんだろうか。……幻想も行き過ぎでばかばかしい。しかし、そう思えるほど、自分の少年期の記憶も実は誰か他の少年の記憶を吸いこんで自分のものとしているように遠く思える。少年のころの顔はいつまでもはっきりと思いだせず、いまの自分の顔も、なんだかにせもののようにとらえどころなくうつってみえ、すべてが遠遠《とおどお》しいことにしか思えない。

降りるべき市に着く。陽はさんさんとして空は澄み渡っているというのにバスのステップを下るなり雨がわっと降りだし、ロータリーに滾《たぎ》りおちる。雨だれに陽が反射し、ビルやタクシーの窓ガラスにも光がはね返って光度がきつくなり、閃揺《せんよう》をおこす。突然のどしゃ降りにロータリーを行き交う人むれがわっと拡散し気配がたちどころに失せる。煙突をさがしてあたりをみまわすと古ぼけたビルの間からすうとあらわれる。不揃《ふぞろ》いに建ちならぶはざまから、それが陽にひかって燦燦《さんさん》と輝いている。その近さ。首をつっ張らせてみあげるのははじめてだった。これまでにない、触れられるほどの距離で、遥《はる》かてっぺんから白煙をくゆらしている。煙突に光がかがよい、ひたすら真白く、すべすべして、晴朗として、ゆっくりとカーヴをえがいて上方にのびている。陶然となった。もっと降れ、もっと、もっと。濃《こまや》かな、すこしねとついた水滴がきりなく市を洗い流す。ふわふわと浮きたち、抑えがたいよろこびに浸されて、これはもう、いよよ免れがたいところまできたのかと、ならば、すべてを捨ててすぐにでも、罠《わな》とわかって誘《おびか》れてやろうと、みごとに取り憑かれてやろうと、聳《そび》え立つ煙突に近づいた――

はれ。ひやらひやら。

轟《とどろ》きとともに、ロータリーのアスファルトがにわかにうごもち、人気《ひとけ》の失せたアーケードの脇から、いままで乗っていたバスのなかから、タクシーから、コンビニから、ドラッグストアの角から、駅の出口から、そして空からも四方八方あふれ出るように、おおどかなすがたかたちの大金魚があらわれはじめた。やんややんやとビルの間の煙突を囲むように集いはじめ、はれ。ひやらひやらと、でたらめな調子をとって囃《はや》したてはじめる。おおきな円陣をくんで踊りだし、どこからやってくるのか、つぎからつぎに、肥えた金魚が円にくわわる。光が照りみちて、とめどなくおちる雨が鱗光《りんこう》に反射し、いちだんとあたりが煌《きら》めきだつ。煙突が吐き出す煙も大金魚が踊るごとに盛んに噴きだされて、白く、光量によっては銀色につやめきたきたての飴《あめ》みたいにねばっこいのが、何本も何本もロータリーに垂れ、それを金魚がひれで摑《つか》んで、もってぐるぐるとびはねている。

はれ。ひやらひやら。さまざまの大金魚、和金、琉金《りゅうきん》、獅子頭《ししがしら》、出目、らんちゅう、しろがちあかがちの桜錦《さくらにしき》、素赤《すあか》、黒斑《こくはん》、更紗《さらさ》、キャリコにシルク、白銀、黄金、乳白色の鱗《うろこ》紋様、緋鮒《ひぶな》も混じって総出で踊る。腹がなみうつ。雨滴はいっそうはげしくなる。なかには頬袋に酒をためてへべれけになったの、煙にぐるぐるまかれてのびたの、肉塊のぶつぶつした額に豆絞《まめしぼり》の手ぬぐいをのせたひときわ太《ふと》ったやつがそれを踏み越えてえごえご踊る。ひれがゆらぐ。あまたの、幾百、千にとどくほどの大金魚が、ひっきりなしにロータリーに集い来て、湯気をたちのぼらせつややかにほたほた笑っている。陽の射《さ》すなか、雨滴を浴びて破顔している。みな背をかたぶかせ、ぱくぱく口を開いて、大円陣で、はれ、ぐるぐるまわるごとに、はれ、白煙も、はれ、雨も、どんどん濃かになってゆく。

いやましに、光が、雨が、大金魚がいっせいにひれでアスファルトをはたくとたちどころに地表は裂けはじめ、電信柱も信号機もタクシーもビルも何もかもなぎ倒されて、むきだしの地面からみどりが立ちのぼってくる。

クロモ、ミヅアフヒ、ミズワラビ、ミソハギ、ミズネコノオ、ヌナワ、コウホネ、ハチス、珪藻《けいそう》のみどりが、ゆらゆら、ゆらゆら、ひれや白煙がうごくのとともに、ひやらひやらと音に添うように、なえやかに生えぬく。すこぶるゆらいで。はれ。ますます大金魚は破顔して、しぼしぼの身体をゆすって踊る。えごえご踊る。いっぴきいっぴき、そのうろこの一枚一枚、すべてがむっちり太い。雨あしが強くなる。垂れおちた白煙の帯をもってなおのこと金魚が囃したてる。

自分もはやくその帯となってぐるぐるまわりたい。どんどん輪のなかに足をすすめ、あと数歩のところで手をのばせばとどくほど煙突に迫る。

後ろから、花柄の長靴を履いた妻の姿。黄色い長靴黄色いレインコート姿の子供に、パパと呼ばせている。妻が手をふっている。母親の姿もみえる。背後でそれをみる。みなくてもそれがありありとわかる。背中にのしかかってくる実人生というのが幻のようにゆらいでいるのか、幻が実人生のようにゆらいでいるのか。どちらか判然としない。この雨をのがしたらきっとすべてが消えてしまう。そそりたつほうまであと数歩、手をのばせばそれに触れられる。ここでさからいえて、それでなにがある。どちらも幻に違いはないのだ。だったらいまばかり、実人生をえらびとらずにあのそそりたつほうへ身をくべればいいじゃないか。

金魚がほたほた笑う。光が、雨が、輝いて。はれ。……それでも、いろいろな生きたものが背中にはりついていていつまでも煙突にたどりつけない。

子供が近寄ってくる。

思わずその手をとる。

子供が抱きつく。退けようとして、

それでもやっぱり抱きかえしてしまう。

雨はあがりかけている。いまににゅうどうぐもがもくもくあがって梅雨が明ける。

それで夏が来る。

女になっていた。

港の定食屋でうどんを食べて外にでると、視線の先にぽんぽん陽気な音をたてて沖合にでる一艘《そう》の汽船をみとめた。それはここから出るための最後の船ではなかったかと、だしぬけの思いに捕らわれたのだった。逃れ逃れてついにここまで来てしまった。とどのつまりの、どんじりのところにようやく来たのだと思いに耽《ふけ》ったようにに言ってみるが、感傷に身を浸す気にはならない。眼前に屛風《びょうぶ》のように折りかさなって浮かぶ島嶼《とうしょ》はどれも似たり寄ったりで、ここにはたまたま流れ着いたにすぎない。かつて歌吹《かすい》のさんざ騒ぎで一晩中明かりの灯っていたこの島も、いまはまるで人気が無い。それでもさっきまで、乳牛が一頭、また一頭と通りすぎ、ビニールハウスにむかう農夫のすがた、海女のいそぶえもきこえていたはずが、いまは迷鳥一羽野良猫《のらねこ》一匹いない。いま出たはずの定食屋もペンキの剝《は》げ落ちたシャッターをぴたりとおろしている。もはや島にはこの身ひとつしか残されていないのか。

なよなよと海水が波止にくずれては寄るそのしずけさだけ鼓膜に振動する。逃れ逃れてついにここまで来てしまったのだとして、どこから、なにから、逃れて来たのか。そうしたことはどうでもよかった。日浴《ひあ》みしてうつらうつら午睡をとるうち、いまに身のうちに罅《ひび》が入り、光や大気に透過して消尽してゆくだろうと、むしろそうなるに違いないと他愛《たわい》のないことを、しかし半ば本気で待望していたが、縮こまらせるようにきんと冷えた光が降りそそぐばかりでなにもおこらない。痛みが走るほどの風で骨の奥まで冷気が食い込み、身のうちから陶《すえ》ものに液体をそそいだときのちりちりとした音がたつ。耳たぶも凍《い》て付き、風に乗って飛灰と臭気が鼻腔《びこう》にはいりこんでいがらっぽい咳《せき》がでると、乾いた唇が切れて血がにじむ。それを舐《な》める。木の擦れ合う音をあげる桟橋をすすむがフナムシ一匹走らない。沖合にでることのなくなった船のうろに雨水が張り、褪色《たいしょく》したいくつもの大漁旗がもつれこんでいる。島には木がちょぼちょぼと生えているが、みな葉をおとしていて種類はわからない。

燻した煙ですっかり禿《は》げ上がった土壌にわずかに根付いた草木もいまは霜枯れして、ひたすら生姜《しょうが》のような塊状の土を踏んでゆく。生体反応の希薄な土から、錆《さ》び付くだけ錆び付いた門をくぐると、羊羹《ようかん》のようにわずかに光沢を帯びた煉瓦《れんが》の敷石にかわる。その丘陵をのぼったさきは、銅の精錬所であった一角らしく、紫褐色の煉瓦がいたるところに積みあがり、その表面には微細な孔《あな》や極細の皺《しわ》が寄っていた。かつてここに巨大な煙突が幾本も聳え立っていたことは崩れつつもまだ円筒状のかたちをなす煉瓦の集積によってかろうじてしめされている。高く天を突き上げ、ごおごお煙をはきだしていただろうその痕跡《こんせき》からえがいた煙突のすがたも眼のうちがみせるかたちにすぎず、いまとなってはほんとうにそれが稼働《かどう》していたのかはわからない。ひたすら飛灰と粉塵《ふんじん》が舞い、煉瓦の量塊が地を圧している。全身煤《すす》にまぶされて汗みづくの身体《からだ》を流すために精錬所の脇《わき》に設置された公衆浴場も、周壁も屋根もみな取り壊され、細かいタイルを嵌《は》め込んだ浴槽の矩形《くけい》だけが残り、そのタイルの亀裂《きれつ》からすすきがたわたわ生えている。夜業のため周囲に設けられていた火力発電所も同じように骨組みを晒《さら》すばかりで、残された三方の壁面に蔓《つる》が覆《おお》い、その根がゆっくり腐蝕《ふしょく》を押しひろげて灰色の裂け目が幾本か走っていた。まるで野外劇場か礼拝堂であったかのようにしなしな光をためこんでみえるからといって、そうした廃墟《はいきょ》のロマンティシズムに淫《いん》する気にはならない。精錬所のその圧倒的などうしようもなさに身がぶたれる。荒れ果てた土地に違いないが、それがさびしいものであるかはわからない。憐憫《れんびん》に浸る必要もなく、ただ事象は時間とともに過ぎ去る。そのことだけが眼前にある。

精錬所の門からでこぼこつづく急坂を下りひとつ脇にそれると道なりに娼窟《しょうくつ》の址《あと》がつづく。人買舟に乗せられて来た酌婦の集められた安普請《やすぶしん》の張店《はりみせ》はほとんどが積年の重みにたえきれず倒壊し、色の褪《あ》せた壁紙がべろべろ剝がれて床にたまっている。散乱する箱提灯《はこぢょうちん》や家具什器《じゅうき》から、賑《にぎ》わいだころの張店の生動欲動が浮かび上がり、ひやかしの澱《よど》んだ視線、いくらかの遊料を支払う銭の音、酒浸りの怒号、嬌声《きょうせい》、情事のにおいが揺曳《ようえい》しては消える。娼窟のさらに奥まったところに駆梅所と毛筆で書かれた札が戸も窓もはずれた家屋に打ち付けられていた。

花崗岩《かこうがん》に鑿《のみ》の跡が筋だって残る石切場の浜に、精錬所から出た鉱滓《こうし》の鈍色《にびいろ》が浜砂にまじってひろがる。採掘中にとりだされたナウマンゾウの化石といっしょに数千本は越える使用済みの蛍光管が鉄線で束ねられて積みあがり、それが風によって微細に震動し浜に響く。とぐろをまいた廃線はながく熱波をうけて溶けかけ、画面の砕けた電光掲示板やビデオテープが沈積している。人間のつくりだしたものが圧倒的に人間の感情移入を避けたものとなって存在し、それがただ光波になぜられて分解し、非分解のものはひたすらそこにとどまっている。その傍らの、土で盛固められた古墳のような一面には銀色の遮水シートが敷かれ、それが風に乗ってはたはたゆらぐごとに激烈な臭気が洩《も》れる。肺の毛細血管や肺胞が熱をあげ粘膜がひりつく。その臭気をはなつ布の隙間《すきま》から、緑釉色《りよくゆうしよく》に泡立った液体にタイヤやドラム缶が浮いているのがかいま見えた。

ひとめぐりしてまた波止場に戻ってきてしまった。かわらず人の気配は無く、長いことこの島を漂っていたのか、ひたすらどんじりの時間がつづいただけで時というものが流れていなかったのか。叫びだしたい気持ちになるのをこらえ、つぎの出船を時刻表や連絡板で確かめるがどれもチョークが擦れていてよく読めない。ちりちりと身の奥が鳴る。廃址《はいし》とともに総身に罅が入り、そのままモザイク状のこまぎれとなって島ごと失《う》せてゆけばよいのだが結局なにもかわらない。いつまでもこうしていたくないと、踵《きびす》をめぐらせ、やみくもに歩いた。

竜宮という海底の地殻変動で生じた大きな孔の穿《うが》たれたところが島の最北端にあった。海難事故が近くでおこると潮流のせいであたりの浜に水死体がうちあがる。流れによっては浜にあがらず、その孔に沈み込み、珊瑚《さんご》や珪藻、シャコガイや水母《くらげ》にがんじがらめにされてそれらの餌《えさ》となる。この身体もそれらに身をはまれようかと、ごつごつ海に迫《せ》りだす絶壁に立った。海深がぐっと下がるからか陥没したところだけ海が黒くみえる。それをみるなり、一歩たりとも動けなくなる。身体中から感覚がそくそくと失われ立ちつくしていた。身がゆれ動こうとすると足が踏ん張り押しとどまろうとする。なまぬるい甘えが生じて飛び込めない。眼を瞑《つぶ》り、岩を蹴《け》りあげようとするが足はこの身ではないようにふるまい、いつまでも固まったまま動かない。深深と海面がゆれ動き、いちだんと暗い孔の色に眼が吸いこまれる。怖《お》じ気づき眼をきつく瞑った瞬間、ぐらりと身が傾いて、思わず叫び声をあげたが穿たれた孔の真っ黒いなかにすべり落ちていった。海へと落ちているはずだった。確かに重力によって胃が浮きあがり落ちていることにちがいはなかったが、水の冷たさも感じず、あたりは真っ黒だった。ひとえに黒といっても、玄、黔、黎、漢字のクロだけでいくらも階調があるが、どこまでも安っぽいべた塗りの黒いなかをひたすら落下しつづける。海底に着くのか、竜宮にいたるかわからない、ひたすら底なしの裂け目を落ちつづけた。

また女になっていた。もうすっかり死者になったとばかりおもっていたが、まだ波止場に立っている。好ましからざるくさぐさの寄りもののひとつとしてこの身体は島に漂着してしまった。また逃げおおせてしまった。

消尽することも身を投げることもできないまま、ひたすら脈をうち、皮膚につつまれるこの身をかかえ、日が沈むまで波止場で船を待っていたが一艘も着くことはなかった。薄暗闇《うすくらやみ》のなか、熾《おこ》り火で空が灼《や》けもうもうと煙がたちのぼるのをみとめ、明るさをもとめてふらふらそこに寄る。生のさかりにあるものもないものもまた同じようにふらふらと集まってきた。湯のかわりに甘い乳白色の煙が浴槽に充満する。ふらふらと集うひとやひとでないものがうちけぶるなかで睦《むつ》みあいはじめる。この身体もまた、男とまじりあい、女ともまじりあい、ひたすらうちふるえる。生のさかりにあろうとなかろうと、性腺《せいせん》が波うち、皮膚をひっかきそのうちにあるくにゃくにゃした肉をひしぎ、総身が濡《ぬ》れてゆく。性器的な歓喜と、うちに粘りつづく嘔《おう》気《き》や憎悪《ぞうお》がつんとこみあがっては入りまじり、気息音が激す。したたる水が体外に溢《あふ》れだしてゆく。生のさかりにあるものもないものも男も女もおなじように融滌《ゆうでき》する。あたたかさが骨のすきまからしたたり、ひたすらひとやひとでないものの唇を吸うごとにあるいは吸われるごとに、ともぶれし、たがいの身体からあたたかさがはみだしてゆく。輪郭がゆるくなり総身に罅がはしってうちに溜《た》まっていたすべての液体があふれかえり、人体のこまやかな多孔質の皮膚からすべてあふれてゆく。歓喜も憎悪も悪意も諦念《ていねん》も、どろどろとした黒いのも赤いのも白濁したのもとうめいなのも液体という液体がひたすらとろけ浴槽をみたし熱い湯になる。湯気をたてざぶざぶ浴槽からあふれ、そのまま海に流れた。残された皮膚や肉は爛壊《らんえ》することなく、骨といっしょにどんどんうすはりや雲母《うんも》のように乾いてちりちり亀裂がはしり砕け散った。

　水に水が流れてゆく。波は決して反復することなくちいさく隆起しては砕け、わずかにずれつつつづいてゆく。そのしばらくつづく波のいくつかをきりだして、それが女の長かった巻髪の名残であるのかもしれなかったと言ってみたところで、それは巻髪でも何でもなく、ひたすら大気や光にさすられ流れつづける海面のみせるほんの一瞬の起伏運動でしかない。それはかたちをむすぶごとにそのとどまりから逃げてゆく。

また性懲《しょうこ》りもなく身体をもち、波止場にいる。はやく水にもどろうと海にひきもどろうとしても、水になりたいと水を痛いほど感じるその皮膚が邪魔でいつまでも海にもどれず、身体は水圧をかえすようにしずかに脈を打っている。うつらうつら午睡して汽船が着くのを待つ。

おだやかに波が寄る、くだける。退いてゆく。そしてまた寄る。

……きりなく文字が青白い画面にさんざめき、いつまでも書くことは終わらない。しるされつづける文字からしたたる、ひとやひとでないもののものおもいが流れ去ってはふたたび輪郭を持してひしめきだす。掛かりつづける負荷で発熱するキーボードに確かに触れる指の腹もまた熱を放射する。うつしだされる文字がつらなってゆく。ひとやひとでないものが文字というかたちを帯び、他の文字を誘引し、きりなく交《か》いあい、二文字、三文字とつづけられ、文節をなし、文字列の増殖は止《や》まない。確かにこの指で入力した文字が液晶画面にうかびあがると、まるでゆくりなく出遭ったことばとして、いつのまにか書かれていたものとして目に触れてくる。光の接触に網膜がしみながら、キーボードと身体がほとんど同化し、背を屈《かが》め、画面に顔を近づかせ、脈打つように書きつづけてゆく。ひとやひとでないものたちが、行きつ戻りつ、迂回《うかい》と途絶をくりかえし、時には踏み外し、ことばのなかで転びながらうごきつづける。その一挙手一投足が間断なく書かれる。しかし、いくら精確に書こうとつとめ執拗《しつよう》に書きしるされたとしても、書かれたものは書かれなかったものの影でしかなく、いつまでも書き尽くすことはできない。……結局一頁《ページ》として読みすすめられないまま、と消すようにして書かれはじめた何百列が糸水となってながながとつたい、ようやく、いよいよ、最終段落の最終行の最終文字列に近づいてゆく。それをほの明るくうつしだしつづける画面は、ゆるやかな分子配列が縦書きの紙片一葉としてふるまい、画素がしかつめらしく一点一画をインクのような物質的ふるまいでみせる。ひたすらひとやひとでないもののひしめきの輪郭が光に取り憑《つ》き、光糸によって文字が宙に吊《つ》られ、たがいに繫《つな》がり連想を誘い合った一文字一文字が集積する。そうして書き流れてきた文字を、ひとたび終わらせようと、最終頁の最終段落の最終行の最終文字列の終結に穿つ、最後の指示記号を、杭《くい》を打ち付けるようにしるす。そして書かれることが終わる。粛粛と終わる。しかしほんとうに書かれることは終わったのだろうかという心許《こころもと》ない思いで句点の打たれたあとにつづく余白を確かめていると、それまで身じろぎもせず光が蝟集《いしゅう》し均整のとれていた画面がにわかに波うちはじめる。ゆらゆらくにゃくにゃと何百もの文字列がゆれうごき、最終行の最終文字列できつく縢《かが》ったはずの指示記号が一瞬震え、ぽたりと画面の奥に落ちて消えた。それを境にして、うつしだされていたはずの文字がほどけて溶けて、画面はひたすら白紙のがらんどうとなる。キーボードの隙間から書かれたものが流れる結晶となってあてどなくなだれ、四方にひろがってゆく。書くことがひとたびも終わらない。ふたたびひとやひとでないもののものおもいやひしめきの微温がつらつらつづきはじめる。文字がとどまることをさけ、書き終わることから逃げてゆく。ひたすら押し流れてゆこうとする。はみだしてゆく。しかしどこへ――

家路

ひとりの中年男性が寝そべっている。明け方降った雨で石のにおいが湖畔にはこばれ、湾曲した岸辺には城址《じょうし》がみえる。夏深く、芝生もそれらしい青さで茂り、浅瀬で水浴する少年少女らがしきりと馳《は》せ回っている。新聞紙や蛍光色のビニールテープがパラソルの間を転がる。いたって幸福な、書き割りのような景色のなかで、男はたるみのでた腹部にオレンジ色のタオルケットをのせ、湖水のむこうに聳《そび》える山脈《やまなみ》の起伏のひとつところに目をうつしていた。とりたててめずらしくもないその岩肌に、海底で隆起し始めた何億という昔の造山運動のすがたをかさねみていると、目の前に何があるのか、しだいにわからなくなる。山の稜線《りょうせん》、岸辺に転がる岩も、人間も、輪郭というのがながめるうちにわからなくなる。

勤続数十年の会社からまっすぐ家に帰ろうとしていたはずだった。それが駅前の家電量販店での少しの寄り道が、てんで方向の定まらない歩みとなって曲がりつづけ、稲荷町、柿の木坂、赤坂見附、新宿、観音坂、浅草橋と来て、イタリアの湖水地方に着いたのだった。自分の人生が、知らぬうちにはじまっているのと同じように、ふと気づけば、寝椅子《ねいす》にもたれている。数千年におよぶ記憶喪失にかかったようになっていた。これまで、ここに来たいという欲望も、来ようという意思もなかった。不可避な事件かなにかがあってここにいるのか、とつおいつ考えるがよくわからない。一匹のハエが草いきれに誘われているのか、あたりの群生植物の上を漂う。ハエにも生物学上の親があって、男がうまれた五十年前も、約千四百世代前の一匹が同じように世界を飛行していた。それを人間の生物時間に換算すれば三万から四万年の歳月にあたることになる。男は自分がいる湖の名もわからずにいる。起き上がって看板でも探せばすぐにわかることだが、ここがアティトゥラン湖でも浜名湖でもないことはたしかなようで、しかし、そのどちらかであったとしてもかまわなかった。あるいは、琵琶湖《びわこ》でもかまわない。城址は、ことによっては坂本城であるのかもしれない。正しい土地の名を知らずにいてもかまわないだろうという一種の居直りがあった。あたりの人はめいめい生きることに夢中で、生年月日、性別、本籍地、現住所、職種を男に誰何《すいか》するものは幸いなことにいない。

会社帰りに、延長コードを買いにふらりと立ち寄った家電量販店で、野蛮な涼風をあび、身体《からだ》にたまった熱をからめとらせながら、何台も同じ映像をうつす液晶テレビをみていた。えんえん明日の天気の概況をよみあげるキャスターが、今晩から明日にかけて激しい雷雨が予想されますと、ことさら残念そうにしゃべっていた。明日が晴天であろうと雨天であろうと、この世界に生きている以上、空が変わることはないのだから、日々の天気はそれとして受け入れねばならないのかと男が思ううち天気予報は終わる。どこかでは雷雨となるらしいが、関東甲信越がどうであったかはわからなかった。聞いたかも知れないが、画面から消えると、あったことも消える。男は店をでて、駅から退《の》いて繁華街にむかった。高層ビルの間をぬけて、裏通りのタイ料理屋や、カラオケバーといった、欲ののぼりそうな細路を歩きはじめていた。時間が流れているのかあいまいな細路を男は歩く。ふらつきまわるうち、すでにどこにもないようなひときわ時代がかった区画のラブホテルのせわしなく点滅する、青白いネオンのところどころ切れているのがなにか切実なものに思え、数十年前に別れた女との記憶がふいに燃え上がった。学生時代に付き合った女と、入《いり》谷《や》の朝顔市まででかけて夕立にみまわれ、うす汚れたホテルにかけこんだのだった。もしかしたら、ほんとうにこのホテルだったかもしれなかった。あれから時は経《た》ったのだなということばで、簡単に時間が跳ねて現在《いま》になる。男は別れた女の名前を思い出そうとしても、恵子か昌子か早苗か忘れていた。客引きを除《よ》けて、タクシーを拾ってから、家の町名を言おうとして、何と言ったか。感傷めいた思い出をどこかで流してゆこうとしていたのか。車内では、女と別れた日に乗ったときのタクシーのことを思い起こしていた。

夕立から本降りに変わり明け方になってもいっこう雷雨はおさまらず、ずぶ濡《ぬ》れのまま、急いで乗り込み、座席に男は深く背をもたせかけていた。前に乗車していたらしい客の女物の安香水が、湿った朝顔の陶鉢の土くれと、助手席に置かれた揚げもののにおいとともにたつ。男の体温によって、いつ張られたのかわからない座席の、ところどころ黄ばみの出たシートから揮発し、あまたるく拡散してゆくそれが、ついさっき乗せていた女のにおいであるというよりは、繊維の奥にしみ込んでいたのが、ふとのぼったようで、つけていた女はもうこの世にはいないのではないかと思えた。もういない人間のものなら、いま別れた女が、違う男と付き合っていたときにつけていたものであるのかもしれないと、鬱陶《うっとう》しい想《おも》いを、男はつぶしつづけた。車内の無線通信も雨音でかき消され、どこを走っているかわからない。さっきは新宿であったから、いまは赤坂見附のあたりかと、フロントガラスにも目をやるが視界がゆがみ、車線もよくわからない。ワイパーがガラスを擦《こす》るがきりなく水をかぶって意味をなさなくなっている。窓をあけようにも、持ち手を回す手動式のハンドルにべとついたものが付着している。ここはどのあたりですか、とたずねようとするが言えないでいた。口が渇いて声がでない。すべてが湿っぽいのに身体のうちだけがひからび、舌ががさがさになって、口の端もきれていた。あ、事故があったみたいですよ、と運転手が言う。衝突事故のタイヤ痕《こん》をみたのは覚えているが、そのままどこで降りたのか。雨のなか、窓からみえた景色が葉をすべておとした表参道の並木通りであった気もする。するとあれは冬のことだったか。窓がくもって白くみえたのは雪であったのか。しかしどこで降りたのか、女と別れた日に降りた場所も、それを思い出しながら乗った日のタクシーの終着地も、どちらもべつの日のことで、どこかにはついたはずだったが、それがどこであるかがわからない。タクシーのなかで思い起こしたタクシーのことが絡《から》がっている。浅草橋の近くまで走っていなかったか。一曲がり二曲がりしてそれでどうしたのか。家に帰ろうとしてそれでどうしたのか。いずれもあいまいになっている。

男は就職したさきで結婚病に罹患《りかん》していた女に気圧《けお》されて、いっしょになった。ローンを組み、家を買ったが、隣の豆腐屋の蒸気ボイラーとにがり豆腐製造機の音で毎朝起こされるようになることも、斜向《はすむ》かいの家に「噛癖有　要注意」と札が下がりよく吠《ほ》える犬が飼われるようになることも、まるで想像になかった。狭い庭では、妻がガーデニングにいそしみ、しゃれているからと誤ってミントを直《じか》に植えたことで、狭い地表のすべてがそれで茂りきり、雨後であれば、苦みばしるほどその葉が漂い、はじめは他の草が根絶やしになるからと、せっせとむしりとっていたが、子供がうまれるとぴたりとやめた。店屋物をとるとき、しんこの盛りがけちくさいと、どんぶりを引き取りに来たアルバイトに、妻が再三文句を垂れるようになるころには子供はふたりに増えていた。男は、仕事が休みになると、縁側に座布団《ざぶとん》をだして二つに折り、まどろむことで、やりすごしていた。年をひとつとるごとに、それだけの時が過ぎる。扇風機をつけて寝転がっていると、前の女と別れた日に、どこかに捨て置いたはずの朝顔の陶鉢と同じものを妻が納戸からだしてきて、小学生になった子供がつける朝顔の観察日記のために種を蒔《ま》き始めた。なぜそれが家にあるのか男にはまるでわからなかった。取りそびれたふりをして、タクシーに残したか、それとも、路傍にうっちゃったか。少なくとも家にあるはずのものではなかった。朝帰りの車内で、凋《しぼ》んでいた鉢に、新しく咲いた一輪をみつけたときのことが懐《なつ》かしくよぎるが、そうした甘美な記憶などほんとうにあるのかすら、わからなくなる。別れた女の顔を浮かべるが、それが男のなかで、どんどん妻の顔にとってかわる。違う違う、とふたたび女の顔をなぞるが、すぐ妻に変じる。女の顔がめくれて妻になり、またそれもめくれ、亡母《はゝ》の顔に変じはじめた。あわてて妻の名を呼ぶ。妻の顔は確かにそれとわかる顔をしている。男は安堵《あんど》する。妻は種を蒔き終わると爪《つめ》の間にはさまった土くれをはじいてから台所に立った。しばらくつづいた菜切包丁の音がぴたりととまる。あなたあなた、とゴミ箱の隅に二日ほど前に食べた白桃の種が落ちたままで、そこに蛆《うじ》が果肉の汁気でぬらりと炊《た》きたての米粒のようにひかって蝟集《いしゆう》している。妻は金切り声をあげつづける。男は、フマキラーかなにかないかと戸棚を探すとDDTの手押しポンプがでてくる。やかんの湯の沸騰《ふつとう》する音をきいて、しゅんかという名の花のあったことを、何の脈絡もなく思い起こしていた。やがて子供のひとりが結婚をするというので、引き出物や式の準備をし、せわしなくも送り出したのは八月末のことで、ひといきつくと、年が改まり、ふたたび夏になった。今年は夏がはやく来ると、縁側で熊本から送られてきた西瓜《すいか》をほじくりながら、手でハエを払いのけつつ食べる。柱が軋《きし》り天井から埃《ほこり》がおちるのに、息子が女でも連れ込んでいるのかと思ううち、所帯を持つといって子供はみな家を出て行った。そしてまた夏が来ていた。光化学スモッグ注意報が鳴り渡り、斜向かいの老犬がうなっている。それが人気《ひとけ》のないあたりにひびいてかえって静まりが際《きわ》だつ。ヘリコプターが上空を過ぎて窓が軋る。ちかごろこの音が戦闘機に聞こえると、男がつぶやくと、妻が、戦争なんて知らないくせに、と笑うのに、男はカッとなって、なにがおかしい、と食卓を強く叩《たた》いた。茄子《なす》のしぎ焼きが皿の上でじゅうじゅう焼け焦《こ》げる。これが人の死体にみえると、また戦中を思いだす。生まれてなかったでしょ、と妻は言う。たしかに生まれていないはずのことではあるのだった。妻と、そうめんに蚕豆《そらまめ》、茗荷《みょうが》の漬けたのを齧《かじ》っているうち、あっという間にひと夏が暮れる。うだるような夜が明けたと思えば、また不意の夏が来ている。しきりとはやくなった。おい、また夏だぞ、と男は妻に言うが、妻はてんとして困惑せず、去年の買い置きのそうめんがまだあるわよ、といってゆではじめた。幾度も季節が推移する。妻がかける薄手のエプロンも、毎夏ことなる花模様にかわる。いつも茶ばんだ小花柄を選んでいて、男にはそれが新しいものなのか古いものなのかなにがどう違うのかもわからないが、たしかになにかが違っている。秋冬春を飛び越して、また別の夏が来る。少し涼やかな風が入り、生きているだけで汗のにじむ昼夜からようやく解放されたかと思うと、玄関の呼び鈴が鳴り、暑くなったなあ、とがらら戸を引いて幼なじみの小堺《こさかい》が入ってくる。転勤先の熊本で結婚したときいたきり久しく手紙のやりとりしかしないでいたが、前倒しでとったお盆休みでひさびさに東京に遊びに来たと、ややあ、ひさしぶりだなあ、と西瓜片手にやってくる。妻は麦茶をだし、そうめんをゆではじめる。茗荷に蚕豆そうめんと、隣で買ってきた朧豆腐《おぼろどうふ》を銘々皿におたまで掬《すく》って、男と妻と小堺とでそれを食べる。酒を飲む。小堺が帰る。夏が過ぎる。小堺さん元気そうだったわね、と妻と談笑していると、呼び鈴が鳴って、小堺がまた西瓜をもってあらわれる。季節が一巡りして、何度も小堺が訪ねてくる。年々手土産の西瓜がちいさくなってゆくがわけを聞けないでいる。妻がそうめんをゆで、豆腐屋から朧豆腐を買ってくる。三人で、かつおぶしと醤油《しょうゆ》をちょろりと垂らして、それを食べる。酒を飲む。小堺が帰る。夏が終わる。また呼び鈴が鳴る。小堺が来るから夏が来る。朧豆腐を買いに行く。目の前があいまいに揺らいで、時空全体も朧と化してゆく。ちかごろ目がかすむのと妻が眉間《みけん》を押さえる。また呼び鈴。もう夏かと、あがってくれ、とぶっきらぼうに男が戸を引けば、小堺の家内でございます、と右脇《みぎわき》に卒塔婆《そとうば》、紫の包みにおさめられた骨壺《こつつぼ》に、西瓜までも携えて未亡人が訪ねてくる。途中で転んでしまって、と左手首からネットで吊《つ》り下げられたひびわれの小玉西瓜がぶらぶらゆれる。玄関先にうす赤い汁がしたたりおちる。妻は「クロワッサン」にもどこにも、卒塔婆をもって訪ねてきた人への作法がのっていないと困惑する。とりあえず、卒塔婆と骨壺を上座にしつらえる。おもたせですが、と麦茶と一緒になまぬるいそれを切りわけて三人で食べる。果肉が妙にやわらかい。夕ご飯でも、と妻もたびたびつづく夏の盛りにすっかり疲れきった様子で、そうめんをゆで、豆腐屋に向かって朧豆腐を買って帰ってくる。未亡人はビールを口にふくみながら、ぽっくり往生でした、としめやかに小堺の最期《さいご》を話し、男が小学生のころに銭湯のタイルを将棋盤にみたてて互いに頭で駒《こま》を動かしてはでたらめな対局をして遊んだといった他愛のないことをぽつりぽつりと語ると、ああ、いい音、と未亡人が言った。隣家の風鈴の音でもしているのかと耳を澄ませるが、男には聞こえない。男の妻にもわからない。未亡人は笑っている。庭先からきゅうに冷たい風が吹いて夕立がはじまり、肘膝《ひじひざ》のうちに小汗をかいていたのがうそのように冷え、稲妻も走り、あわてて窓を閉める。雨が上がったらおいとましまず、と未亡人は言うがいつまでも雨はやまない。雨音がしないと思うと、音のない雨に降り籠《こ》められている。なにかかたい高音がして、妻と顔を見合わせる。主人がよろこんでいるんです、と紫の布包みに未亡人がそっと手を置く。冗談ですよ、怪談じゃあるまいしと笑いながら食べ余しの西瓜をすする。未亡人はずいぶんと若くみえるが、首に皺《しわ》がよっている。いつまでも雨はあがらない。座布団はふたつに折れたきりぺしゃんこになっている。肘をついて縁側に寝そべり、男は目をつむる。眠るということがいつからか安息である以上にひとつの労働となった。おむつのとれたばかりの孫が、盥《たらい》に水を張って遊んでいる。男の亡父の法事の相談を、妻が娘にしている。狭い庭には這《は》うように伸びたミントが茂る。妻と娘の声がひとつに聞こえてははなれ、それだけ聞いていると、男は自分の法事の段取りを聞いているような心地になる。菩提寺《ぼだいじ》の電話番号がパソコンに入っていないというので、台に置き放した電話帳をめくると、現像専門の写真屋、しんこの盛りのけちくさかった蕎《そ》麦《ば》屋、みな閉店してあとかたもない。小堺も死んで、ちょっとした点鬼簿となっている。散歩にでると電信柱や屋根の水色に夕刻の陽がねばりつき、それにからめとられた瀕死の蟬《せみ》が、極みにいたろうとしてなお羽をふるわせ暑気を揺らしていた。リフォームしたばかりのダイニングキッチンで、男と妻と、娘、息子夫婦、孫を含めての一家団欒《だんらん》で、餃子の皮を包んでいる。家族七人分の餃子を包み終えたところで、娘が、ネイルアートでつけていたラインストーンがひとつ無くなっていると言いはじめた。疑わしきは餃子のなかであり、どれかに紛れているのだからと、包みたての百個はある大皿をさす。何しろスワロフスキーのラインストーンだから見つけて欲しいと、全員でいま包み終えた餃子を今度はめくりかえす。そのほとんどをめくりかえしたところで、スカートの襞《ひだ》におちていたことがわかる。何せ正十二面体は光が違う、と安堵する娘と妻とで口論となる。息子の嫁が孫を外に連れだす。男たちはしきりと皮を包みなおす。もう死んだかと目を覚ますとまだ生きている。台所にいる妻が孫を背負い、男のすがたをみて、すごい寝汗ね、夏めいてきたわね、と菜切り包丁片手に、にっこりと笑った。その笑った女が一瞬誰かがわからない。男と妻とで、孫を抱きながら、両家の位牌《いはい》が立ち並ぶ仏間にいる。先祖代々父母が死に、やがて自分も死に、子もそう永くはなく死ぬ、そう永くはもたないとわかっていても、子は自分の子をうんであらん限りの組み替え方で、現在がながれつづける。そのことだけが永遠で、みなその傍らで死んでゆく。つつがなく一日もひと夏も過ぎてゆく。会社帰りに延長コードを買って天気予報をみて、タクシーに乗ってまた家に帰るはずだった。しかし、どのみち帰る先が家であろうとどこであろうと、いずれは死に辿《たど》りつく。

男は湖畔に寝そべっている。でこぼことした古い石畳を通るトラックや自転車の音が聞こえるなかを一時間半かけて歩いて、通り沿いの食堂で、昼食用のパンを手にした今朝のことも、入谷の朝顔市の帰りがけに立ち寄ったことであるような気をおこしていた。そもそも、朝顔市には、母に手をひかれて行ったのだったか。おだやかに風がながれ、寝椅子《ねいす》にもたれていると、これまでの何もかも、すべてがあるはずのない記憶のように思える。しかし、記憶があるから現在があるのだから、すべてがあるはずのない記憶であるとしたら現在の方も、ふいに怪しいものに思える。岸に集うひとびとの小型ラジオから、音楽やラジオ放送が聞こえる。とぎれとぎれに、それを男は耳でひろっていた。室内にタカがいればすぐにわかるが、それがハエであれば気づきにくいと、ハエを擬した探査機を、米国防総省の国防高等研究計画庁が開発したというニュースが流れる。一匹のハエがイラクサのひともとにとまっている。あれもまた米国の探査機ではないかと、埒《らち》もないことを思う。そうすると昼食のプロシュートハムとチーズとをはさんだ石灰に似た味のパンのことも男は訝《いぶか》しむ。イタリアのパンは焼きたてであろうとどうしたってまずいようにできているのは、製麺《せいめん》会社かなにかの陰謀ではないのかと永遠に戻ってこない一食をそれですましたことをうっすらとくやむ。昼食をとるかとらないかというそのどちらかの選択から選び、あらゆる食べられたかもしれないもののなかから、それを選びとっているということを考える。ひとつ選びとると、無限の選べなかったものと顔をつきあわせる。

あたりを見回すと、太陽と月とが同時に空に浮かんでいた。それが夜明けであるのか、あるいは、夕暮れの景色であるのか、男にはわからなかった。太陽の角度を見極めかねていた。むしろわからずにいたかった。このまま永遠に何もかもを宙づりのままにしていたかった。太陽と月とを交互にかえりみていた。やがて日が傾き、夕暮れであることがわかる。夜明けであり、また暮れ方でもあるような事態が起こることのないよう空は一面でありまた時間は流れるから、同じことは二度と起こらない。単線であることから逃れられないという認識から逃れられない。糸杉の並木路にキャンピングカーがいくつか駐《と》まっているが、みなパラソルをしまい、帰り支度している。風がいやに冷気を帯びて、湖上に波立ち、遠くの城址《じょうし》かどこかからでる砂が肌にはりつく。丈高の草がしなう。水ごけの青くさいにおいをさせて、少年少女らが去ってゆく。水鳥の背に名残の日が照り、あたりの群生植物、係留するボートもしだいに赤みをましてゆく。最後まで水に浸《つ》かっていた、若い娘の乳房の間をつたう水が銀色の粒となって土におちる。娘の身体《からだ》はすぐに乾いてゆく。男はいつまでも皮膚に薄い水がまつわりぬめりつづけている。男は寝そべっていた椅子から立ち上がる。家に帰ろうと手早くタオルケットをたたみ鞄《かばん》におしこむ。スーツもやけに湿っぽい。男は足早に歩きはじめる。まずは宿まで、一時間半は歩かねばならない。宿で荷物をまとめなければならない。そこでどうしたら日本に帰れるのかも聞かなければならない。そもそもここがどこだかを問わねばならない。居つづけた宿代があるかどうか、銀行に問い合わせてみなければならない。口座がまだ機能しているのかどうか。そもそもパスポートなど申請したことのない男は、どうしてイタリアに入国できているのかもわからない。なにかヤバいことでもしでかしてこうなったのだろうか。ヤバいことって何だろうか。延長コードを買ったことだろうか。それとも桃にたかる蛆を殺したからだろうか。あたりはすっかり夜となって湖岸沿いの家々から光がもれる。霧がたち、ものも光も滲《にじ》んでゆく。骨の奥がきやきやと軋る。うずうずする。歯が鳴る。それが冷気でか恐怖でかは考えてはならない。とりあえず歩く。丘陵の高木の間を歩く。なにかが頬についたとはらうと、ハエが飛んでいる。やはり何かの陰謀に巻き込まれていて、それを米国の国防総省に探知されているんじゃあるまいか。ヤバいヤバい。自然と小走りになる。霧はどんどん深くなる。狐《きつね》につままれているのではないか。イタリアの狐にそうした了見のもちあわせがあるかないか。しかし、ここがイタリアである証拠はいったいどこにある。浜名湖、琵琶湖でないとどうしてわかるんだ。S字カーブに差しかかる。それを抜ける。するとまたS字路にでる。進むと、またS字のはじめに戻っている。骨が冷えて痛む。それは自分の背骨の上を歩いているからではなかったか。水音が際だつ。叫び出したい気のするのをこらえる。ここに来たときのことを思いかえそうとする。でこぼことした石畳を歩いていた。同じような道だった。それはなだらかなカーブであったか。じぐざぐであったか。まっすぐであったか。まっすぐだった。迷いっこないはずだった。でも記憶が曲がってしまう。それで事実も曲がってしまった。そして迷い込む。くねってくねって何度もS字にたどり着く。家に帰れない。家につづく道がわからない。道路脇に電話ボックスをみつけて男は入る。鞄からスーツから小銭をかきあつめてかける。かけようとして、家の番号がわからない。かけても時報につながる。抑制のとれた女性の声が、水気でやわらかくなった鼓膜に響く。落ち着こう。男は、落ち着こう、という状態の異常さに身もだえながら、何度も電話をかける。小銭が減る。時報につながる。をお知らせします、と暢気《のんき》に女が言っている。それが誰かわからない。知らない女の声なのか妻の声であるのか昔の女であるのか。それとも娘か。呼ぼうとして、名前がわからない。恵子か昌子か早苗かまたそのいずれでもないのかわからない。恵子か昌子か早苗のいずれかであったようなかったようなで忘れている。もしもし、と叫ぶ声も擦《かす》れる。をお知らせします。時刻を聞くほど時間が逃げてゆく。千年経《た》ってもかわらない。女の声が千回京回とつづく。終わらない。終わらない。終わってくれ。電話を切る。そしてまたかける。

……はい、もしもし。

あ、もしもし、ごめん、寝てた、よね？

そりゃあ、まあ。はい。

夜分にごめんなさいね。誰も起こしてない？

ううん。これケータイだから大丈夫です。

ああ、そう。小銭がないから急いで言うけど……。

どうしたんです？　よかったんですか、そちらこそ。

いや、いいのいいの。実はさ、君、というのは、つまるところ僕でもあるわけだけれど、君がいまみている夢の終わりのことで、ちょっと。僕の、未来がね、困ったことになってる。みていたからわかるでしょ？　だから、結末を変えて欲しいんだけど。終わりを……。

うん。うーん。でもね。おじさん。

おじさんはよしてよ、君は僕でもあるわけなんだからさ。

うん。でもね。ぼく、起きちゃったの。この電話をとるために、起きちゃったの。

悪かったよ。すぐに寝ていいから。

うん。それはそうだけど。おじさん、あなた、自分が何をしたのかよくわかってないでしょ？

君が眠いのはわかってる。それは悪かったよ。僕としてもはやく眠ってはもらいたいわけです。とにかくよろしく頼みます。君、悪夢だと思ってただろう。寝汗ぐっしょりだろう。起きられてよかったろう？　僕に感謝して欲しいくらいだ。だいたい君さ、イタリアとか行ったことないだろう？　描写がなってないよ、全然。ま、そういうことで、君はこの電話を切り、然《しか》る後、ベッドに入る。ふたたび寝入ってください。君は眠れる。僕も家に帰れる。どうぞよろしく。おやすみなさい。

……おじさん、あのね。残念だけれど、それは無理だよ。え？　わからないの？　つまりね、あなたはぼくの夢にいた。ぼくはあなたをみていた。でも、ケータイが鳴った。ぼくは寝ていたけれど、この電話をとるために、起きちゃったの。だからもう、夢はぼくのもとにはないのです。ごめんなさい。それに夢は推敲《すいこう》ができないから、いまさら何も変えられないの。あなたが知っているとおり、ぼく、まだ本籍地の台東区からでたことがないから、だからイタリアの描写とかてんで駄……そんな、怒鳴られても。大人なんだから、ぼくはあなたではないけれど、あなたは一時ぼくでもあったのだから、いまのこと、理解できないんじゃ困ります。だからね、もう終わりなの。ぼくはこれから電話を切って、また眠らないといけない。明日は小堺君が遊びに来る。夏休みの宿題もあるし。朝顔の観察日記もやらないとね。これからまたぼくは眠る。もしかしたら夢をみるかもしれない。でもね、同じ夢はもう二度とみられないの。あなただって、ついさっき、同じことは二度と起こらないと紋切り型のことばをしたり顔に言いつらねていたでしょう。「待ってくれ、待ってくれ」って言われても、だって、もう起きちゃったもの。起きちゃったものはしょうがないでしょう。だから、終わりなしが、終わりなの。終わらないから終わらせようとして、終わらせようとしても終わらなかったけれど、もう、大丈夫。ぼくに電話をかけてきた。それで終わっちゃった。はからずも。ぼくはまた眠って夢をみます。新しいすこやかな夢を！

おやすみなさい。おげんきで。でも、あなたは、ずっとそのままです。

流れ去る命と言葉

朝吹真理子×堀江敏幸

引き出しの中から生身の他者へ

堀江　今年度のBunkamuraドゥマゴ文学賞の選考委員をつとめることになって、昨年七月から一年間、雑誌に発表された文芸作品や単行本に目を通してきました。その間、とくにメモをとるなどといったことはせず、あいだを置いても何かが胸に引っかかっているものをより分けておいたのですが、そうして残してきた作品の大半は、どこが良かったかを説明できるものだったんです。それでは、あまり面白みがない。唯一《ゆいいつ》の例外が『流跡』でした。この作品を「新潮」（二〇〇九年十月号）で初めて読んでから一年ぐらい経《た》ちます。ところが、ドゥマゴ賞に選んで、選評まで書きながら、いまだ記憶に残っている作中の様々な情景の魅力について、うまく説明できないんですよ。それでも、というより、だからこそ、ここには本当に得体の知れない言葉の力がある、と確信したんです。
ところで、この作品は、突然、何の前触れもなく「新潮」に掲載されましたね。朝吹さんの登場は、何か掘ろうともしていなかったところから急に泉が湧《わ》いてきたかのような印象だったのですが、まずははじめての小説作品が表に出るまでの経緯《けいい》をお聞かせいただけますか？
朝吹　小学校四年生ぐらいの頃から、日記をつけたりノートの端に漫画を描いたりした経験が多くの人にあると思いますけれど、それと同じ感覚で、ノートに空想を書き付けるような、趣味的な意味での「書く」ということはしていました。しかし大学四年生から修士課程一年目に入った頃、「書く」ことにもっと真摯《しんし》に取り組んでみたいと考えるようになりました。それは何故《なぜ》かといいますと、高校生の頃から、漠然と「読む」ことがいかにわからないことであるかを感じていて、次第にそのわからなさがより切実に自分に迫ってきたからです。
堀江　「読む」ことがわからないとは、具体的にどういうことでしょうか？
朝吹　人は日本語や英語といった母国語、つまり他者との共通の言語を持っていると思い込んで、毎日、自分の考えていることを言葉にあてはめたり、誰かと会話をしたり、本を読んだりしています。しかし「読む」という場面においては特に、まったくの他者である誰かが書いた言葉やフィクションを本当の意味で読めているんだろうかという疑問が湧き上がってきて、言葉というものがいかに自分から距離があるものかを認識するようになりました。その時、これまで趣味的なものだった「書く」という行為が、意識的に取り組むものへとシフトチェンジしていきました。

堀江　なるほど。執筆の動機として、それはとても根源的なものですね。そのようにして形をなした作品が、文芸誌に掲載された。

朝吹　ちょうどその頃、私の大好きな詩人の吉増剛造《よしますごうぞう》さんが古井由吉《ふるいよしきち》さんと新宿の文壇バー「風花」で朗読会を開かれると知り、遊びに行ったんです。その時に吉増さんと少しだけお話をさせていただいてから、手紙というものすごく細い糸でのお付き合いが始まりました。

そして昨年、吉増さんが詩集『表紙 omote-gami』（思潮社）を出版されて、毎日芸術賞を受賞された際のお祝いのパーティにお招きいただいた時に、その場で私は小さなスピーチをしたんです。すると、それをたまたま会場で聞いて下さっていた「新潮」編集部の方から「もし良かったら、小説を書いてみませんか」と後日、お声をかけていただきました。

　ずっと小説のようなものを書いてはいましたが、作品は宛《あ》て先のない投瓶《とうびん》通信のように机の引き出しの中に入れていただけでしたので、そのようにお声をかけていただいたことによって初めて、引き出しの中から生身の他者に差し出すことができました。それがこの『流跡』という作品です。

堀江　ひとつの出会いが、新たな出会いを呼びよせたことになるわけですね。実は、授賞作を決定する直前まで、ほんとうにギリギリまで、ずいぶん悩んだんです。フランス文学を専門分野としている、あるいはしていた人間にとって、「朝吹」という苗字《みようじ》は、輝かしい太陽のような名前です。真理子さんの専攻は国文学、それも近世だそうですが、お父様は仏文学者で詩人の朝吹亮二《りようじ》さん、お祖父《じい》様はジュネの訳者でもある朝吹三吉さん、そして大叔母様は、サガンの訳者として、また作家として知られる朝吹登水子《とみこ》さんですから、専門分野の、活字の上でずっとお世話になってきた、いわゆる「関係者」がずらりとならんでいる。したがって、何かそういうつながりがあっての受賞だという誤解を生む可能性がないわけではない。また、この作品が初めて書かれたものであるからこそ、受賞が悪い意味でのプレッシャーになってしまうのではないかとも思いました。なにしろ選者はひとりで、その名が一生つきまとう。つまり一生の傷にもなる。嫁に出す娘に傷をつけるようなことになっては大変だと(笑)。このふたつが一番大きな心配事だったんです。

しかし、やはり「説明のできない魅力をもった作品に賞を与えたい」という個人的な基準に基づけば、『流跡』以外にありませんでした。繰り返しになりますが、そういうつまらない心配事を、言葉の力が吹き飛ばしたということです。『流跡』には、未《いま》だにわからないところがたくさんある。その不思議さ、わからなさの輝きは、他に類のないものだと思ったんです。

物語をつめた小包としての小説

堀江　吉増さんと古井さんの朗読会に行かれたというのは、今から考えれば必然だったという気もしますね。そこでお聞きになった朗読はどんなものだったんですか。
朝吹　吉増さんが「赤馬、静かに (be quiet please) アメリカ」という詩を、わざと朗読しにくいように口に鉱石をくわえながら朗読をなさっていたのをよく覚えています。

初めて吉増さんの詩を読んだ時、言語がわからないまま紙に付着してることに驚いたんです。その詩は、吉増剛造という詩人は実在の人物だと信じてはいても、読んでいくと次第にご本人が現実に生きているかどうかが怪しいとさえ感じられてしまうものでした。ですからまずは、実際に生きて動いている姿を見たかったんですね。そして古井由吉さんも大好きな書き手の方だったので、どんな声でお話になるのか知りたくて。

堀江　お二人とも生きていた、ということですね（笑）。

朝吹　そうです、生きていらっしゃいました（笑）。

堀江　吉増剛造と古井由吉の作品には、表紙には確かにそれぞれのお名前が記されてはいても、ご本人たちは本当は存在しないのではないかと思わせるところがありますね。読んでいると、書き手の声とは別の、どこか遠く離れた場所から生まれた声が響いてくる。

朝吹　そうですね。小説を黙読する時には、読者それぞれに心の中で響いている声というものが必ずあると思います。ただそれは、書き手自身が考えていたものとは少しずつずれているものではないかと思っていたので、そのズレを聞いてみたくて朗読会に行きました。また、書き手の方の話す声やスピードと、作品固有のそれとにも違いがあると思ったので、お二人がどんな風にひとつの作品をお読みになるのかを知りたいという気持ちもありました。昔からYou Tubeで埴谷雄高《はにやゆたか》やジョイスの声を聞くのが好きだったんです。

堀江　いま、「昔からYou Tubeで」と言われて、大変な衝撃を受けています(笑)。You Tubeって「昔から」あったものでしょうか？

朝吹　……私にとっては(笑)。

堀江　『流跡』を読んでいるときも、誰かが小さな声でつぶやいているような、文字や表面ではないところから、質や速度のちがう声が降ってくる、そんな気配をずっと感じていました。お話を伺って、納得いたしました。

ところで、吉増さんのお名前が出ましたし、お父様の亮二さんも詩人です。真理子さんは詩を書いたりしたことはなかったんですか？

朝吹　それが、一度もなかったんです。私にとって「書く」ことはコミュニケーションで、詩も小説もある種の手紙であると思っています。ただ、手紙といっても、小説の場合は物語を構築しますから、読み手である「あなた」に、物語をつめた小包のような箱を送り届けることができると思うのです。詩は、純然たる手紙です。無媒介に届いてしまう気がする。小説のワンクッションある距離感が、私にはフィットしたんじゃないかと今は思います。

堀江　詩は直接的過ぎて書けない、ということですね？

朝吹　はい。詩に対しても、小説と同じように敬意と畏怖《いふ》を抱いてはいるのですが、私は小説の、ウソから出たウソの世界がなぜか真《まこと》として機能することにひどく惹《ひ》かれるんです。ウソをウソとして、ウソの力で推進して、ウソなのにそれが全て反転して真として返ってくる感覚に惹かれていたから、ずっと小説のようなものを書いていたんじゃないかな、と思います。でも、その時の感覚としては投瓶通信のように、引き出しの中のあてどない海に向かって放るような感じでした。

堀江　引き出しの中の海はものすごく広いと思いますが、そこに投げていたのは断片ですか？　それとも、まとまったものでしょうか？

朝吹　断片的なものでした。私は編集者の方にお会いするまで、ひとつの作品を書き上げるということができなかったんです。一枚の紙の上でどんどん変化が起こってしまって、書けば書くほど白紙に近づいていくような感覚すらありました。
堀江　それは書いた文字が段々と消えていってしまうような感覚ですか？
朝吹　いいえ。「書く」ことは書いたものを「読む」ことでもあるから、例えば三行書いてそれを読むと、その三行自体から新しい形の「書く」がはじまってしまって、その三行を書き直してしまう。書きつけた一行によって次の一行をおしすすめてゆくだけではなく、何度も同じ行を書き直すことがあるんです。一行のうちでどんどん流転《るてん》が起こってしまうんです。だからいつまでも書く手が離れない。書いているのに、出来上がったものは白紙だったという感覚に襲われる瞬間は今もあります。
堀江　それは面白いですね。『流跡』には、流れていく感じがあります。でも、流れていく感じにもいくつか種類があって、水の他に、少し油っぽいものや粘液質のものもある。また、流れるものが砂であったりしても、粒の大きさによって動きが違うと思うんです。これまでに触れえた色々な作品を思い返してみると「水のような作品」とか「粘体の作品」とか、あるいは「砂のような作品」と形容できるものは、他にある。ところが『流跡』は、読んでいる最中に「ここが水、ここが油、ここが砂」と、流れの質がクルクルと回りながら変わっていくようで、言葉の並びによって文章の組成がそのつど変わるんですね。

　しかしそのように流転が起こるとおっしゃる小説に、書き終えた時の「ここで終わり」という感覚はあるんでしょうか？　ちなみに、僕自身は、今までそういうことが一度もないんです。

朝吹　私はあります。私自身は、表現したいこととか伝えたいメッセージが書く動機になっているわけではないんです。人間の思考って大体は非言語の感覚の中にあって、時間や空間が混在する「おかゆ」のような状態にあると思うので、書く時は、そのぼんやりとしたイメージを異物であるところの言葉を使って、どうにか最もフィットする形で紙に凝着させたいといつも願っています。つまり、そのイメージに一番合うと思った言葉を取ってきて紙に書きつける。そして、読む。するとその言葉からは、また別の書かれなかったもののイメージが立ち上がってくる。それで今度はそれを摑《つか》まえようとして、また言葉を取ってくる。しかしこうした作業を何度も繰り返していると、書いてきたものが書こうとしていたもののイメージと合致する瞬間が訪れます。

その時には、書かれたものが既に書き手とは決別する形で存在していて、私はもうそこに介在することができないという感覚になるんです。

堀江　文学に限らず造形芸術全般に当てはまるお話を今、伺ってるような気がします。つまり完成した瞬間にはもう手の施しようがないと。ここからはもう立ち去ってくださいという感じになってしまうわけですね。その感覚が最初の、第一作目からしっかり感じられていたとは驚きです。それは何十年も創作を重ねてきて、ようやくたどり着くような境地ではないかと思いますね。逆に言えば、だから僕は『流跡』を読んだ時に、事実としてはデビュー作であっても、内的な感覚としてはそういう印象を受けなかったんでしょうね。

崩れていくものへの畏怖

堀江　ところで、『流跡』には川のイメージが描かれています。水のイメージははじめからあったのでしょうか。

朝吹　子供の頃から、自分はただ流れ去る一つの生体にすぎないと感じてました。

今日に至るまでに沢山の生命体が死んで、まさに今この瞬間にも死んで、生まれつつもある。私がいつか子供を生むことになっても、やがてその子は死ぬことがわかっているのに、それでも生む。川を見ていると、自分もいつかは死ぬし、皆も死ぬんだという大きな流れの中の、一つの生に過ぎないと思えるので安心します。

それに川というのは、上流と下流を両方一緒に見ることができませんよね。地図上では川の始まりと終わりを知っていても、実際に目にすることはできない。いつもその流れしかわからないということに惹かれているんだと思います。

堀江　川の上流と下流を一緒に見られないのと同じように、私たちは生の始まりと死にゆく瞬間を同時に見ることはできない。『流跡』には、その細くて長い、場合によっては太くなったり曲がったりもする線の中で、言葉が生まれ、そして死んでいくその繰り返しがあって、書き手はそのいっさいを、少しの距離をもって眺めている。

朝吹　ただ、川や水というものに惹かれているのは確かなのですが、書く時は自分の好きなものへのフェティッシュを一切入れないで物語を構築していくことを第一としているので、川が好きだから川を書いたというよりは、川が出てきてしまったから川という言葉を選び取ったのだと思います。

もともと書き終えた時は、「新潮」に掲載していただくにも、著者名なし、タイトルなし、という形が良いと思っていたんです。交通事故みたいに小説の言葉だけが載っていて、そこに書かれているものは、その言葉全部によってしか示すことができないようなものをイメージしていました。

堀江　タイトルはあとから付けた、ということですね。

朝吹　はい。タイトルの『流跡』というのは流体力学の言葉で、運動を示す言葉です。これが最もフィットするだろうと思って決めました。

堀江　今、川の上流と下流は一緒に見えないというお話をされましたが、朝吹さんは小説の最初の一言、つまり最初の石をどこに投げていますか？　小説は、内側の、切羽詰まった衝動があって、はじめから見えている内容を言葉にするものだと考えられることがいまだに多いような気がするのですが、僕にはそういうものがないので、投げる石の位置や形が違えば、その後に続く話も変わってきてしまうんです。物語の途中に投げた石から始めていたら、この話はどうなったのでしょう？

朝吹　まったく違う運動をしたんじゃないかなと思います。今振り返れば、一行一行を真摯《しんし》に書いたという自覚はあっても、書いたものを自分が一番理解できているとは全く思えません。もしかしたら、読み手の「あなた」一人一人が、最大の理解者なのではないかと考えています。

堀江　やはり自然に出来上がっていくもの、そして崩れていくものに対して畏怖の念をお持ちなんですね。先程は読むことの困難を打破するために書き始めたとおっしゃっていましたが、「書く」方向に向かわずに、ずっと「読む」者であり続けるという選択肢もあったはずです。「書く」方にシフトしたのは、やはり内的な理由でしょうか。

朝吹　書くきっかけや動機ってやっぱりわからなくて、そもそもわからないということに気がついたのも、まだ最近なのです。考えてみると、自分の一番最初の記憶として持っているのも二歳くらいの頃のもので、つまり、自分が一番主体的であると思っていたはずの生も、そのはじまりすら知らない。ハッと気がついたらこの世界に生きてしまっていたのと同じように、「書く」ことをはじめていた……としか言いようがありません。

堀江　気がついたら、ですか。

朝吹　はい。もちろん「書く」時はとても意識的には書いてるんですが、その行為のはじまりに関しては、どこがはじまりなのかがわからない。自分自身の意志で選び取っていると思い込んでいた生というもののはじまりも、じつは、気がついたらはじまっていた。それと同じような感覚なんです。

堀江　しかし流れていくものを表現するために、こうして布石や飛び石みたいに作品を作っていくことについては、しっくり来る、と。

朝吹　でもやっぱり、こうして作品が本というマテリアルとして幸せな形で凝着していても、すぐそばから光にさらされて、消尽が始まっているという気もします。

堀江　それは、作品でも書いていらっしゃった液晶画面の感覚でしょうか？　例えばタッチスクリーンの液晶パネル上で、デジタルの世界にアナログの指で書くといった行為の、行われると同時に消えていくという感覚は、現れた幽霊がただふっと消えてなくなる様子とは違って、今の時代にとても合うものかもしれませんね。

また、『流跡』には、何かを書く時の停滞感があまりない。停滞感には、出そうとして生まれるものと、結果として出てきてしまった感情の水たまりのようなものの二通りがあって、朝吹さんの作品にあるのは、後者だと思います。

古語に残された唇の痕跡《こんせき》

堀江　川の流れというと、「清らか」とか「滑らか」という言葉を思い浮かべたりするんですが、この作品には「ひとのやけるにおい」なんていう言葉が出てきたりして、死のイメージも沢山入っていますね。作中の「指窓《ゆびまど》」という言葉の周辺が僕は好きでした。障子に指を刺して穴を開けて、向こう側を見るという感じです。するとそこには、ちょっと焦《こ》げくさいような、喜びとも悲しみとも呼べない感情の塊が広がっている、という。

実は今日、朝吹さんにこの作品の最もお好きなところを朗読して頂けたらと前もってお願いをしていたのですが、僕がここが良いなと思っていたところと……

朝吹　同じだったんですね（笑）。

堀江　では、読んでいただいてもよろしいですか？

もののにおい、ひとのやけるにおい。

いくら馴《な》れていても暑《あつ》い夜《よる》には臭気《しゅうき》で鼻《はな》を削《そ》がれる。風《かぜ》にのってあたりの音《おと》やらにおいやらが川端《かわばた》に滞留《たいりゅう》する。運《はこ》ばれてくる海《うみ》のにおい。汚泥《おでい》のにおい。荼毘《だび》所《しょ》が近《ちか》いからか、いつもひとのやけるにおいがする。あるいは魚《さかな》の焼《や》ける、このしろのにおいであるのかもしれない。いずれにせよ臭気《しゅうき》に変《か》わりはない。魚鳥《ぎょちょう》のにおい。三味《サミ》の音《おと》にまじる女《おんな》の白粉《おしろい》のにおい。鉄漿《かね》のにおい。屋《や》形船《かたぶね》がぎいぎい鳴《な》っている。性愛《せいあい》の音《おと》であるらしい。

棹《さお》をさす。水草《みずくさ》にへばりつくへどろ、葦《あし》、くいなやしぎが眠《ねむ》っている。くいなやしぎくらいしか水辺《みずべ》に住《す》まう鳥《とり》の名《な》をしらないから、ほとんどがくいなやしぎにみえる。くいなとしぎの区別《くべつ》もできないからどれもくいなやしぎであると思《おも》っている。

岩陰《いわかげ》に潜《ひそ》むものをみることは意識的《いしきてき》に避《さ》けている。無脊椎《むせきつい》のいきものの巣穴《すあな》、羽《は》ばたきばかりの佐禽《とり》——みないほうがいいものはみないほうがいい。そうやってきたから、まだこうして舟《ふね》の上《うえ》にいる。

客《きゃく》をのせ、頼《たの》まれたところまで運《はこ》ぶ。それで日銭《ひぜに》を稼《かせ》ぐ。客《きゃく》はなにもヒトには限《かぎ》らない。ときによって様様《さまざま》かわる。めづらかな爬虫類《はちゅうるい》、剝製《はくせい》、ＵＳＢメモリ、密書《みっしょ》の入《はい》った文箱《ふばこ》、スーツケース、厳重《げんじゅう》に梱包《こんぽう》された板《いた》きれのようなもの、あるいは生《なま》あたたかな風呂敷包《ふろしきづつ》み、段《だん》ボール箱《ばこ》、夜更《よふ》けに運《はこ》ばねばならないものである以上《いじょう》、たいていよからぬものに違《ちが》いはないのだ。ヒトでもものでもあまりこちらにかかわりはない。そうした客《きゃく》を乗《の》せ指定《してい》されたところまで、ただ運《はこ》ぶ。このただというのがわりにむつかしい。

堀江　ありがとうございます。ふつうに話しているときとは別次元の、低く、落ち着いた声の、じつに魅力的な朗読でした。『流跡』には、とても古風な言葉使いをしながら、それが古風と感じられないようなリズムがあります。現代の、硬質なイメージをもつ「USBメモリ」という言葉が出てきても一向に違和感がない。「めづらかな爬虫類」「剝製」そして「USBメモリ」という、命あるものとないもの、そしてかつてはあったはずの命を失ったものが並列で並んでいる。これまで話していただいたことが見事に表現されている部分だと思います。

作品の舞台がある場所からある場所へとふっと移って、話し手は男性なのか女性なのか、そもそも、誰が話し手なのかわからない。この作品からは、足のない世界、つまり幽界と言ってしまったら少し言い過ぎかもしれませんが、近代以前の世界から来るような声が聞こえてきます。今の時代に書かれたものでないのではないか、という雰囲気さえ漂っている。それは現在執筆中だとうかがっている修士論文や、研究のために読んでいらっしゃる本などとどこかでつながっているのでしょうか。何かを深く読んでいる一方で別の何かを書こうとすると、例えば日焼けのように何日か経《た》ったらページの色が変わっていたというような、かすかな影響を受けることもあると思うんですが。

朝吹　それはあると思います。私は専門が近世歌舞伎《かぶき》で、今は『東海道四谷怪談』を書いた狂言作者・鶴屋《つるや》南北《なんぼく》についての修士論文を書いています。南北の戯曲に登場する幽霊や不思議な現象をピックアップして、江戸時代の人が何を怪異と感じて、恐怖の根がどこにあったかを調べているところです。

堀江　初読の折は、そのような研究をしていらっしゃるという背景を全く知りませんでした。でもここに使われている言葉は、例えばちょっと興味があって昨日や今日読んだ本から借りてきたというような接触のしかたによるものではなくて、自在に操作できるくらい近い距離にいる人のものではないかとは感じていましたね。

朝吹　絶滅した古語に対する関心がずっとありました。例えば『角川古語大辞典』を読むのがすごく好きです。一ページ開けば、そこには既に絶滅してしまった言葉が沢山並んでいる。だけどその言葉一つ一つには、ある時代までは正確に機能していたという、匿名《とくめい》の人たちの唇の痕跡がある。それを見つめるようにして読むのがすごく好きなんです。例えば『国歌大観』を読んだりすると、趣味的な喜びがあります。

堀江　『国歌大観』を読むなんて、今の二十代半ばの女性の、研究上の必要からではなく純粋な趣味としては、大変危険なものかもしれませんが、凄《すご》いですね。

朝吹　でも先に申し上げたように書く時には、自分のフェティッシュを一切排し、ひたすら純然たる言葉、つまり無色の言葉でもってイメージを届けたいので、古語は書いている時に時々ひょっこり現れて、それを助けてくれる感じです。

堀江　助けに来てくれるということは、機能しているということじゃないでしょうか。

朝吹　機能していたら嬉《うれ》しいですね。

堀江　朝吹さんにとって古語は、眺めて楽しむ標本とか、化石のようなものではないのですね。

朝吹　例えば化石のようにためつすがめつ「なんて素敵な言葉が昔あったんだろう」という賞翫《しょうがん》の楽しみがある一方で、無謀にも二十一世紀の今に、違った形で息を吹き返らせることができたらいいなという気持ちもあるんです。現代の匿名の人たちの唇や吐息が触媒になって、古語が言葉として新たな生を為《な》すようなことができたら面白いなと思います。

堀江　それは既にこの作品の中で成功していると思います。読むと逆に、古語の方に戻りたくなるというか、標本のように並べて眺めるのではなく、べつの生かし方や磨き方があるのではないか、なんとかそれを求めていきたいと強く欲望させる書き方ができている。

朝吹　そう感じていただけたのだとしたら、とても嬉しいです。ありがとうございます。

堀江　それから、「唇の痕跡」という表現に感動しました。唇を見て、出てくる声の質を捉《とら》えることができるのと同じように、古語が生きていた時のありのままの姿を捉えることができるってことですよね。

設計図は最後に現れる

堀江　ちなみに、今はどんな作品を書いていらっしゃるのでしょうか。
朝吹　今、初めての長編小説を書き始めました。
堀江　長編になる、つまり「大きな川」になることが既にわかっているんですか？
朝吹　はい。漠然とわかってはいるんですが、書き方としては一文字先が未知の形で、ある一文字が次の一文字を支えて行になって、またその一行が次の行を支えて、という形でどんどん推進していくので、どのようなものになるかわからないのですが、長いものになるという予感がしています。
　最近、フランスにある「シュヴァルの理想宮」にまつわるエピソードが面白いなと思っているんです。
堀江　フェルディナン・シュヴァルという、フランスの南東部の小さな町で郵便配達をしていたおじさんが、配達の途中で道に落ちている石を拾ってきては、自宅の庭に積み上げて何かを作ってるというので、周囲からは変人扱いをされていたのだけれど、それを彼はずっと続けて、終《しま》いには多くのシュールレアリストたちをも魅了する宮殿を完成させてしまった。一九〇〇年代初めのお話ですね。

朝吹　彼の創作行為を、小説の「書く」に置き換えて考えてみたんです。シュヴァルは毎日、適当に石を積み上げているように見えた。一文字先がわからないのと同じように、石を積み上げているように見えたのだけど、彼はその三十年という時間の中で、同時にもの凄く精緻《せいち》な設計図を描いていたんですよね。

書き方には、例えば阿部《あべ》和重《かずしげ》さんのように構造的に書く形と、その一文字先がわからない状態のまま書いていく形と、大きく分けて二つのタイプがある。シュヴァルはそのどちらでもなくどちらでもあるようで、大きなアンビバレンスがアンビバレンスのまま成功したという、とても面白い話だと思います。

堀江　一つ一つの言葉や石ころの先は見えないけれど、それを重ね続けていくことでしか得られない精緻な設計図が出来上がった。シュヴァルの話には、設計図が最後に現れるという、転倒の必然性があるんですね。

朝吹さんは、その精緻な設計図に向かって、わけのわからない戦いに臨みたい、と考えているわけですね。

朝吹　はい。いつかふてぶてしくも、シュヴァルが宮殿を建てたように、「書く」ことができたらと思います。

本対談は第二十回Bunkamuraドゥマゴ文学賞の受賞記念として行われ、「新潮」二〇一一年一月号に掲載された。

解　説　アンフラマンスの記憶

四方田犬彦

アンフラマンス。微《かす》かなもの。極端に薄いもの。現前と不在の間目《あわいめ》にあって、今まさに消えかかろうとしているもの。マルセル・デュシャンがさりげなくメモに書きつけたこの言葉は、メモが死後に発見されて以来、少なからぬ芸術家に霊感を与えてきた。つい今しがたまで知人がいたことを示す、淡い香水の香り。飲み干されたワイングラスの内側をゆっくりと伝って降りる、赤い液体の痕跡《こんせき》。涙の跡。蜃気《しんき》楼《ろう》。路上の水溜《みずたま》りに反映する地上の建物の、さまざまに歪《ゆが》み変化してゆく映像……。デュシャンの指摘によって、これまでとるにたらぬものとして蔑《ないがし》ろにされてきたこうした事象が、新たに思索の対象と見なされることになったのだ。それは認識論と美学の交錯する地点における感受性の革命であり、表象行為が危機に陥ろうとする地点への注視である。朝吹真理子の『流跡』を一読したわたしは、この瀟洒《しょうしゃ》な作品が、日本におけるアンフラマンスのもっとも美しくまた大胆な実践であると知って、しばらく恍惚《こうこつ》とした気持に包まれた。だがそれは同時に、書くこと＝読むことをめぐって長い間われわれが忘れていた無罪性の再発見の悦《よろこ》びでもあった。

ひるひなかだというのに、桜並木のひともとに大きな白布《しらぬの》を張って映画がうつしだされていた。映写機から強い光量をあて、あらい粒だった光がスクリーンを濡《ぬ》らすがあたりの日差しに拡散してちらつき、ほとんど色のとんだフィルムから書割のような景色がうつる。それが本来なにをうつしたフィルムであろうとすべての光が放射してしまうなかでは雪景色のようにしかみえず、スクリーンのうちから、あるいは外からもこまやかな雪片だか桜だかわからない白が降りそそぐ。アップでうつしだされる五分むしりの御家人髷《ごけにんまげ》した白塗りの役者が見得をきり、映画はクライマックスに到達していているらしい。

書き写していて、何とも既視感に悩まされる光景である。この映像はどこかで見たことがあったような気がする。泉鏡花の『五大力《ごだいりき》』や『陽炎座《かげろうざ》』に、確かこのような場面があったはずだ。いや、あれは鈴木清順の『夢二』であったたか。心は隔靴掻痒《そうよう》の思いに駆られるのだが、それ以上先に進むことができない。だが、それにしても異常な光景ではないか。雪とも桜ともつかぬものがしきりと降りそそぐ並木道の傍らで、なぜか白昼堂々と映画が上映されている。白いスクリーンに映写されているのは、摩滅が極限に達したのか色が飛んでしまい、ほとんど光の放射に還元されてしまったかのような無声映画だ。しかもそこでは白塗りの侍が見得を切っている。見渡すばかり、白、白、白……世界を分節化するいかなる線分も色調もなく、重ね焼きされた白の画面の上に、ただ微かな気配だけがそれとなく感じられる。

だがこの異常な光景が絶頂に達した瞬間、フィルムは停止し、スクリーンの白布に小さく穴が開けられる。穴を覗《のぞ》きこんでみると、向こう側は秋のようだ。たちまち光が降りそそぐ春景色は、歌舞伎《かぶき》の幕が落とされたかのように消滅し、代わって朦朧《もうもう》とした秋の闇《やみ》が始まる。こうして『流跡』における語りの運動が本格的に開始される。いや、それは正確ではない。語りは「はじめがないのだがはじまっている」と宣言されているように、いつもすでに開始されていたのだった。いつから開始されたのか、定かでない起源を垣間見《かいまみ》ることは許されない。だから読む行為も遅延を常態として進むしかない。事後性によってしか保証されることのない「今、ここ」を、このテクストは生きるのである。

『流跡』は全体で八十頁《ページ》ほどの中篇であり、語り手は最後まで一人称を口にすることがない。だからといって、三人称を定立し、物語を外側から自在に操作しているというわけでもない。匿名《とくめい》にして中性的であること、行為者としての主体のありかたをかぎりなく消去し、その痕跡だけを希薄に提示するに留めることが、ここでは遊戯の規則なのだ。年齢も不詳のまま、男とも女ともつかず、ギリシャ神話に登場するプロテウスのように自在に形態を変化させる行為者。とはいうものの、『流跡』は体系を欠いた自動書記の産物ではない。あるときは無声映画を眺めているかのように、またあるときは入眠幻覚の迷路を彷徨《さまよ》うかのように、読者は奇妙な浮遊感と非現実感に包まれてしまう。読者が体験するのは、無限に分岐と合流とを続けてゆく運河の網状組織への参入であり、止《と》め処《ど》もない逸脱と早変わりの劇である。

秋の闇夜に降り立った主人公（と一応、便宜的に呼んでおこう）は、海上に迫《せ》りだす大きな神社での祭礼に出くわすことになる。屋台を冷やかしたり奉納の舞を脇《わき》から眺めているうちに、いつしか重い装束を身につけ、舞を披露しなければいけなくなる。そこで高舞台を駆け抜け、波打ち際《ぎわ》の小舟に飛び乗ると、海原へと逃亡を試みる。『探偵学入門』のキートンそこのけの活躍である。

ここで場面が転換し、彼は気がつくといつの間にか夜舟の舟頭《せんどう》になっている。「人間的なところから脱落しているんではないかと、ふと思う」ような、孤独で無感動な独身者の日々。運行する川の幅は不規則に変わり、運んでいる客や物資は不明なままだ。それどころか、航行の方向や順序でさえ曖昧《あいまい》である。主人公は小さな島に上陸し、樹木越しにうっすらとした光を認める。だが女の腐乱した水死体が流れてきたり、群なす鰻《うなぎ》のなかに棹《さお》を取られたことが契機となって、自分の過去の悪行が思い出されてくる。自分はたしか公金を横領して勤務先を馘《くび》となり、妻と舅《しゅうと》、それに同僚までをも殺してこの奈落《ならく》に落ちてきた。だがそうしても家路が思い出せない。

察しのいい読者であれば、これが『東海道四谷怪談』の主人公伊右衛門《いえもん》の身上であることを、ただちに見抜くことだろう。そしてこの語り手は目下、暗黒の死の空間に参入してしまった。彼は全身を無数の茸《きのこ》に犯され、絶対的な停止を余儀なくされている。「この目がみえているのかもわからない。この目が誰の目かもわからない。死んでいないし生きていない」。この独白はどこか遠いところで、折口信夫《おりくちしのぶ》の『死者の書』の冒頭と谺《こだま》しあっている。夜に水路を辿《たど》ってゆくことは、先行する無数の書物と舞台の記憶のなかを進みゆくことでもあるのだ。

『流跡』では、語りがこうしてちょうど半分のところに差しかかったときに、あたかも折り返し点であるかのように急激な転換が生じる。いや、これは歌舞伎の作法に倣《なら》って、第2幕の開帳というべきか。彷徨《ほうこう》の物語は探究のそれへと変貌《へんぼう》する。主人公は呪《のろ》われた犯罪者から、何の変哲もない中年のサラリーマンへと変身し、子供といっしょに風呂《ふろ》に入ったり、忙《せわ》しげにTVのチャンネルを切り替えたり、同僚の葬式に出席したりしている。一家が住む町は入梅の直後で、雨が降り続き、重苦しい湿気が遍在している。

雨あがりにできたいくつもの水たまりにうつりようのないものをしかと認めた。蜃気楼《しんきろう》や逃げ水というような光と水があわさるとたいていふしぎな現象が起こる。そういった光の屈折がみせる錯覚だろうとはじめは思った。それはやにわにみえはじめたのだった。たとえ場所や時間帯を変えても水面にうつりようのない景物がしれっとうつりこんでいる。水たまりを傘でつつくと、波紋がたちうつりこんだものがこわされるようにそれも水の反映のなかのこととしてびよびよ同じようにこわれる。眼球になにか異変でも起こっていて、網膜や水晶体に何らかの傷が生じ、それがうつりこんでみえるのかもしれないと考えたが、水たまりをみるときにだけそれはうつっているのだった。

実在とも反映ともつかない映像への拘泥《こうでい》。地上に生きる自分が現実に臓器をもち、吐く息に不快な臭さが漂うことへの嫌悪《けんお》。湿気から来る重苦しさ。知覚と身体をめぐるこうした違和感の描写は、前世紀初頭に鏡花が得意としたところであった。『流跡』ではこの違和感のなかから、ひとつのファリックな形象が出現する。水溜りのなかにありもしない一本の焼却炉の煙突が浮かび上がり、やがてそれが雨雲の切れ間に見える実在として知覚されるようになる。主人公はこの映像を幻と半ば弁《わきま》えていながらもそれに拘泥し、苦心して接近を試みる。やがて燦燦《さんさん》とした陽光が突然のどしゃ降りとなったとき、煙突はその「ひたすら真白く、すべすべして、晴朗として、ゆっくりとカーヴをえがいて上方にのびている」全貌を顕《あらわ》す。「ねとついた水滴」が無限に放出され、市《まち》全体を洗い流す。ファロファニー（男根顕現）の瞬間である。

ここで世界が突然、巨大な金魚鉢にでも変化したかのように、夥《おびただ》しい数の巨大な金魚が出現し、揺らめく藻の間を縫って、円陣を組んで踊りだす。この荒唐無稽《むけい》な怪異幻想は、まさしく鶴屋南北の化物芝居のそれを想起させるではないか。この歌舞伎作者は、亡者妖怪《もうじゃようかい》の類《たぐい》が舞台狭しと現われ出《い》で、「死霊の盆踊り」に興じたり、怪しげな見世物を披露するというカーニバル的光景を、好んで描いてみせたのだった。

『流跡』はこうして陰鬱《いんうつ》に幕を閉じる前半が終ると、後半で一挙に華々しい祝祭へと向かう。だが煙突の探究の旅は終らず、主人公はさらに女に変身して、廃墟《はいきょ》と化した銅の精錬所を訪れ、前半に登場したと思《おぼ》しき、謎《なぞ》めいた島へと回帰してしまう。転生はさらに繰り返されてゆく。

「水に水が流れてゆく」と、語り手は書きつける。水の流れは際限のない運動であり、書くという行為、また読むという行為の終わりのなさにみごとに照応している。

ちなみに「水は複数で書く」という名科白《めいぜりふ》を吐いたのは、デュシャンの作品を前にした批評家オクタビオ・パスであった。だがこの恐ろしく魅力的な警句は、作家がけっして口にしてはならない言葉である。作家はあえてこの言葉を禁句とし、その代償として自作を文字通り複数の水の戯《たわむ》れとして提示しなければならないからだ。そして朝吹真理子はみごとにそれを達成した。『流跡』は流れゆく水の記憶であり、記憶の忘却の記録でもある。テクストはその欠落と忘却をも含みこんだとき、はじめて真にテクストを構成するという真理を、われわれはここで想起すべきであろう。

（「新潮」二〇一一年一月号掲載、映画研究・比較文化者）

この作品は二〇一〇年十月新潮社より刊行された。文庫化に際し、「家路」(「群像」二〇一〇年四月号)を収録した。

朝吹真理子著
きことわ
芥川賞受賞

貴子《きこ》と永遠子《とわこ》。ふたりの少女は、25年の時を経て再会する——。やわらかな文章で紡がれる、曖昧で、しかし強かな世界のかたち。

堀江敏幸著
おぱらばん
三島由紀夫賞受賞

マイノリティが暮らす郊外での日々と、忘れられた小説への愛惜をゆるやかにむすぶ、新しいエッセイ／純文学のかたち。

町田　康著
夫婦茶碗

あまりにも過激な堕落の美学に大反響を呼んだ表題作、元パンクロッカーの大逃避行「人間の屑」。日本文藝最強の堕天使の傑作二編！

古井由吉著
杳子《ようこ》・妻隠《つまごみ》
芥川賞受賞

神経を病む女子大生との山中での異様な出会いに始まる斬新な愛の物語「杳子」。若い夫婦の日常を通し生の深い感覚に分け入る「妻隠」。

大江健三郎著
同時代ゲーム

四国の山奥に創建された《村＝国家＝小宇宙》が、大日本帝国と全面戦争に突入した!?　特異な構想力が産んだ現代文学の収穫。

シェイクスピア
福田恆存訳
ハムレット

シェイクスピア悲劇の最高傑作。父王の亡霊からその死の真相を聞いたハムレットが、深い懐疑に囚われながら遂に復讐をとげる物語。

流《りゅう》　跡《せき》

新潮文庫　あ－76－2

平成二十六年六月一日発行

著者　朝《あさ》吹《ぶき》真《ま》理《り》子《こ》

発行者　佐藤隆信

発行所　株式会社 新潮社

郵便番号　一六二―八七一一
東京都新宿区矢来町七一
電話　編集部(〇三)三二六六―五四四〇
　　　読者係(〇三)三二六六―五一一一
http://www.shinchosha.co.jp

価格はカバーに表示してあります。

乱丁・落丁本は、ご面倒ですが小社読者係宛ご送付ください。送料小社負担にてお取替えいたします。

印刷・株式会社精興社　製本・加藤製本株式会社

ISBN978-4-10-125182-0 C0193